生命的私語

廖文麗——著

謹獻親愛的家人、朋友、學生。

《生命的私語》推薦序

國立竹北高級中學校長　陳瑞榮

「溫婉謹嚴」是對文麗老師一直以來的印象，和文麗年歲相近，同樣擔任教育工作，同樣走過許多生命的曾經，也已經翻到人生的B面，有幸先行拜讀《生命的私語》初稿，深為文麗老師如此敏銳細膩的記敘人生而折服！

卷一《園丁集》一位「溫婉謹嚴」的教育典範躍然紙上。印度詩人泰戈爾在《用生命影響生命》中演繹「把自己活成一道光」和「保持心中的善良」，這一直是自己從事教育工作的重要信念。到竹北高中服務剛屆滿四年，也有幸與文麗共事四年，她的正向、溫婉、專業與堅毅，就是最典型的「那一道光」與「那一股善良」。品味卷一《園丁集》收錄的十篇學生及教學相關作品，可以感受到文麗是如此的有愛，如此的和學生貼近。

卷二《頌歌集》看見「情深切切」的生命頌歌。「身體裡的血脈支流，汩汩湧動，高聲歡唱著向大海流去，途中的暗礁漩渦，咽噎吞吐成暗啞的休止符。」這段

深刻描述文麗與至親的切切情深，好美！品味卷二《頌歌集》所收錄的二十篇與祖父母、父母、手足、兒子相關作品，那些生死病老的必然與曾經，令人深深動容也帶些不捨，掀起內心深層的戚戚焉與無限感觸。

卷三《繽紛集》品味「淡雅悠然」的生活雜緒。走過生命的峰谷與起落，細數情感的濃烈與淡漠，林林總總的生活日常與感懷，卻可能是最好的放下與修復。卷三《繽紛集》收錄了二十篇作者生活日常的隨寫繽紛，跟隨文字精靈淡雅悠然的引領和走過，都可窺探文麗平日生活的繽紛雅絜。

三卷共五十篇散文，洗鍊的文字呈現作者底蘊深厚的文學功力與涵養，泉湧文思記敘著對人世的有情觀照。一篇篇讀來，時時觸動心弦，有所感悟！

「忙、茫、盲」是許多人朝九晚五的貼切描述，忽略了與自己內心的對話，可能錯失應該及時沈浸的親情、友情與師生同窗之誼。「走太快，靈魂會跟不上。」人與機器不同，是需要情感支持的，時間不待，愛要及時。誠摯邀請大家潛心閱讀《生命的私語》，貼近溫暖良善的情感撫慰。

謹誌於竹北高中

陳瑞榮

二〇二三年七月十六日

上乘之形神且明

臺灣師範大學國文學系退休教授　楊昌年

一　如此少年

才看幾頁就使我瞿然注意，如此感覺並非常有。不像是一眼就能看完的花朵，它是一棵樹，又是一棵樹幹，枝葉花朵都不容忽視的。

「園丁集」是文麗教師生涯的縮影。雖然我也教過中學，但那已是一甲子以前的事了。比較起來她「生不逢時」沉重得太多。

〈關於學生D〉中記一位被披著狼皮的人渣繼父性侵的女生。學校裡的「輔導室」，「根本是個不安全的地方」，「一進去大家都知道她的秘密了」。「輔導室」相當於「廣播室」，學校專業人員的設置竟與學生需求脫節懸殊，欲益反損，名不符實，坐使猶有良知的教師徬徨於高牆甬道之間無所適從，人謀之不臧太嚴重了吧！

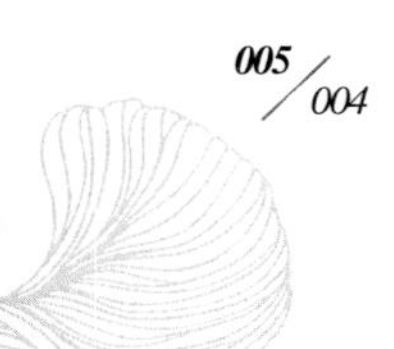

那女生的結果如何？作者在結尾寫下「D終於割腕成功了」。母親、教師、所有的關心者……全都無力，就只能以無奈來為她送葬。

在〈尋找一支舞的方位〉中，顯示了「同志愛」紅紅火火的潮流。在「你（妳）們相愛是可以被祝福的，這一切都是合理的」大纛招展之下，所以當然的理由排列開來！那是：

「雌雄的有性生殖模式，只佔生殖策略的小部分。某些種類的藤壺、蚯蚓及絛蟲，牠們是陰陽同體，有的實行異體受精，有的甚至可以自體受精。蜜蜂、螞蟻、蚜蟲無需與雄性交合，便能產生後代。談到性別決定，人類掌握於雄性精子攜帶的是X或Y染色體；鳥類世界，相似抉擇，卻由雌性的卵來做定論。還有被大家投以異樣眼光的同性性行為（同性戀），也不只存在於人類，蜥蜴，兩隻雌體也會有做愛行動，其中一隻弓起背部，尾部環繞、咬住對方的脖子並騎在對方身上；非洲臭蟲的雄體，會用矛般的生殖器官，反覆戳插其他的雄性，把精子強行注射到其下體。成群雁鵝，也會出現男男廝守終身的配對情形。」

這些證據一字排開的宣示是：「牠們可以，我們為什麼不可以？」而我的意見是：

（一）在動物界的如此情形畢竟是少數。在多數與少數之間抉擇的原則是：「尊重少數，服從多數」。

（二）基於老祖宗的智慧：「食（生存，成長之必需）、色（僅次於食的原型需求，更也是延續種族使命所繫）、性也。」這裡的「色」，所指是一男一女，而非男男、女女。

（三）我國的信史，自西周宣王（西元前八四一年）迄今已有二千八百六十四年，二千八百年中除舊布新的改革無數，抽樣如男尊女卑，男女授受不親，女性裹小腳，溺死女嬰……等。如果說一男一女必應廢除改為男男或女女，那早就被改革了，哪能還等到現在？

（四）「進步」永遠勝過「停滯」或「退化」。人類由動物進化到萬物之靈，還需要再走回頭路去循少數動物的轍跡？

我以為同性戀之所以漸盛的原因是：惶然於光怪陸離進展社會中孤獨沉重的就

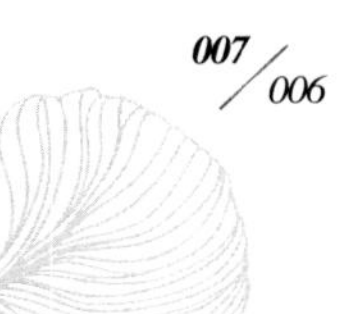

「近」取材，為的是同性交往較之異性求偶更近更易。人生的疲乏感、孤獨感恁重，袪除之法多種，當然不止是就近求偶這一種。

風行漸盛並不等於就是應行、當行的公理，大家是否該當再三思？

「某天，紫紅色的九重櫻在冷冽的春寒中，悄悄將綠葉落盡，開滿花的一支枝椏穿過帆布與帆布的縫隙，向教室的我招手」（高三女生的窗外）好自在的植物！可惜的是沒有賞鑑的閒情！「準備大考的那一陣子……我們是幽囚在其中的人犯，處決的日子就在一個月後，殘酷而現實，每個老師在剎時間都成為訓練有素的執行官……」這使我想起一段經驗，曾去過另一個國度，那裡的中學生都騎單車，沒有沉重的書包，只在車前的小籃裡有幾本書，中午過後他們就回來了，回來之後就是玩樂，也不見有什麼永遠做不完的功課，和他們對談，頭頭是道，不見得沒內容，嚇！天下居然有這等事！難道是我們的兢兢業業搞錯了？

「每個人都想贏過別人，奔馳超越別人，以零點零一的些微差距，領先進化成另一種生物！」、「每個考生都穿帶著重重盔甲，執戟上陣，只等戰鼓一響，過河卒子義無反顧全都殺到楚河漢界去，那是血淋淋的戰場啊，只不過以削尖的筆代替鋒利的劍，父母和師長只能在煙硝烽火外站著等候，」（天使）十八歲高中畢業才算是成年，文麗所授的學生都只是少年，如此不快樂的少年！唉！我只能感到惋惜與無奈。

二　過猶不及

「頌歌集」是文麗的「親屬篇」，集名宜改為「傳承」。廿篇中重點人物有三：首先是母親，記敘篇章超過三分之一，其次是兒子，第三是弟弟。寫母親，深密可感的文筆如：「多年以來，自己一直是躲在門後的小孩，看母親由一尊雕像到佝僂圖騰，漸漸地對母親的一切沒有觸覺的熟悉，沒有溫度的擁抱，沒有體味，甚至作夢也搆不到母親身上一丁點溫度的膚觸，夢裡，那個小小的自己伸長雙臂，母親的圖像卻飄虛浮動，小孩像在急湍中撿拾掉落的心愛玩具一樣，心急卻一點辦法也沒有，水花濺濕衣裳，醒來一身汗水淋漓。」（生命的私語）

由〈冬至湯圓〉「吃著吃著，不禁眼角微微濕潤」到考場中為人父母的形象，

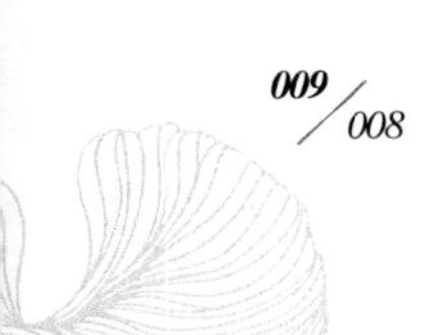

結論出：「你是弓，兒女是從你那裡射出的箭，弓箭手望著未來之路上的箭靶子，他用盡力氣將你拉開，使他的箭射得又快又遠」。（父母心）

在〈我的母親〉中自然地表露母親寬厚容人的性格。「她沒有強烈敢愛、敢恨的生死相約，也不屬於毫無生命力的槁木死灰，她應該是海邊補破網的漁婦，細細補綴所有的傷口，以溫柔卻有無限包容力的巨網等待大風大浪中翻滾受傷的魚。我是在結婚之後，才更體會母親那種深層忍耐的力量。」

為老母親的健康擬定實行計劃，母親生活的改進全仗女兒細心的策動，不由得令人覺得生女兒比生兒子更好，只有女兒細心最貼心，大而化之粗線條的男生哪懂得這些！從〈母親賣菜記〉的平凡幸福到〈花香浮動的晚年〉的精神生活有所寄托，到〈陪嫁的獎狀〉為人子女者在經歷之後的悟得……通過這些篇章，已然勾勒出這位母親晚年的舒適，全是她女兒悉心付出的成果，確是該向文麗豎起大拇指讚許一聲的。

〈生命的私語〉述：「我一直抱持著只生一個孩子的念頭，雖然外子以他獨子的身分強烈反對，他認為做人父母不可隨意剝奪孩子擁有手足之情的權利，然而我卻想讓我的孩子獨佔我所有全部的愛。」如此武斷的心態，其實是「她想獨佔孩子全部的愛」的變型。狹小得不可行。另一半強烈反對是對的，不知怎的反對居然無效，難道是女方的霸道竟然獲得了壓倒性的掌控？人生之事利弊相參，「過」猶「不及」常見。男孩不是你雙手揉搓的泥塑木雕，親切呵護同時必須協助他建樹自我，全面掌控說話動作酷肖其母，那是人人側目的「娘娘腔」，沒有自我全賴母親的更糟，那是「媽寶」。

還好在〈雛鳥離巢〉篇中看到了這位青年的自我成長，「怕被別人譏笑是爸寶、媽寶」而文麗她也能檢討「原來父母、子女的關係不是永久的佔有，而是懂得割捨」，「而孩子長大了，父母也要學習適時的退場」，很好。還得提醒文麗的是：改變作風，把兒子看作是學生；同時促使兒子和他父親相連如友，因為那才是兒子該當學習的榜樣。

家庭裡的一般是：祖父母最疼長孫，父母鍾愛幼子，中間沒人愛的，反倒是比較特出，孔丘老二就是一例。文麗頌歌集的幼弟卻是個異數。〈親愛的，弟弟〉篇中交代原因：「那個長大後想融入我們的你，是曾經如此的倉惶不安。在這個家

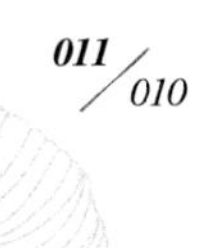

中，面對兄姐都是第一志願高中及大學畢業的你，在親友眼中或是在父母親、老師口中，你永遠可以看見自己的無能。我們不曾試著去了解你，你藉著虛偽的外表及廣闊的交友圈掩飾內在真正的自卑怯懦。」

「大部分的錢你都獻給了電玩遊樂場，幾次父親還要到處尋人，你蹺課、流連電玩，國三畢業，勉強考上高工，荒唐的夢並未停歇，你以休學工作賺錢買機車為要脅，終於父親以三個月的薪水換一個承諾，至少把高工唸完。」「得知你工作一個換一個，理由也總是千篇一律：薪水太低、老闆太苛、同事難相處……等，之後母親便開始經常在客廳等你歸來，帶著一身酒味與煙味。」

這位幼子變本加厲：「每回你欠了朋友、信用卡或者地下錢莊一筆為數不小的債務後，你選擇以無聲消失的方式、不回家、不接電話，直到爸媽把能解約的定存，可質借的壽險，可抵押的土地還清債務後，你出現了，懊惱懺悔允諾自己絕不再犯，戲碼不斷重複上演……」

不斷重複的結果是終無轉機，父親的泣訴：「我救不了他！」已然是絕望。最後弟弟死在租屋現場。文麗在此沒有怨尤，自稱「大你七歲的我，總像個小保姆，看顧你成為我童年時最重要的事，記得你第一次放開手，搖搖晃晃蹣跚學走路的模樣，我成為分享你成長第一步的見證者，」就是這種「長姐如母」的心態，使她與母親一般，對長逝的幼弟只有矜愛而無怨尤。

三　繽紛采姿

這一部果然多采多姿。〈風之密語〉中有似幻又真的夢。「有人說成長是幻滅的開始，之於我而言，成長是記憶遺忘、遺忘記憶的過程……日記與屋宅俱成記憶的墓塚，而風卻像舊日的鬼魂，前來尋覓它潦草不堪的前世。」這使我感慨係之，人生在不斷獲得之中又不斷遺失，我們又哪能長保什麼？似長又短的歷程中每一次回顧無非悵然。〈六三〇A手扎〉中較之傷逝感懷尤重的是改變，漠漠水田被改為高樓大廈，眷戀承祧無法與現實功利相抗。傷逝經歷畢竟非夢，而與死亡的相對又是如此清晰。人生況味總是這樣地得來不是時候。〈真愛的邂逅〉提供生命中的最美好總是有的，快快去尋覓、獲得吧！可得要擔心它隨時會失去啊！這一集中題材最特殊的是〈烽火〉，作者設想了三個角色，在「俄羅斯大兵」這一章中，「愛國」與「傷亡」同存，到底誰是正義公理的一方？個人覺得第二章「烏克蘭女軍醫」此部分最佳，這是殘酷的戰爭，「童稚天真」與「死亡」森然並列，我們只能嘆息！而在第三章「少校飛官」這部分，軍魂、膽識的凜然之下喪身於愚蠢航管錯誤的指令！沒說什麼，但什麼也都說了，在平靜、堂皇的敘述之中訴說著不平、無奈的嘆息！再下來的一篇〈狗兒〉像是前篇的「消卻場」抒寫人畜相處的溫暖，歌德在「浮士德」中宣告「萬物相形以生，眾生互惠而成」確是當行，問題只是人類果真作到了「互惠」嗎？在文麗的筆下，傷逝意象屢現，可能是她「送行」的記憶猶新，幢幢黑影常隨著眷戀浮現吧！〈黃昏石坊〉是節孝的光環所鑄，是埋葬女子的青春容顏所成，是舊時代男尊女卑的陋習，魯迅筆下大張撻伐「禮教殺人」的殘渣。早就該拆除的了！實在不宜再保留到今日的。

我喜歡觀海，集中寫海的兩篇使我喜悅。「這裡潛藏著不同於陸地具體而微的另一個世界，生機蓬勃盎然，那極端醒目鮮豔的顏色就這樣嵌在流線型的魚體上，當牠們一群款款擺動著背鰭、尾鰭，你會深信牠們是穿梭在這大海舞台的舞蹈精靈。」（想念那片海）「靜聽彷若愛琴海令人迷眩的歌聲神話，在此繚繞回盪，才知海岸不只是海岸，它包含著人類對大自然的匍匐與崇拜」（記憶海岸）這是海，是它的博大令我欽敬，而魚群的悠遊又使我心嚮往之。

與前呼應，作者對舞蹈藝術十分熟稔。在〈松煙——觀二〇〇八雲門池上秋收稻穗藝術節〉中記：「女舞者的白色裙裾與男舞者的黑色褲裙相輝映，形成書法最純粹的俐落。」好一處舞蹈藝術與書法藝術的「互文」。劉勰《文心雕龍》中的「通變」在此得到了印證。

回到她自己的學術生涯，〈夏末秋初的論文〉中，沉重的研究生活竟與至至親的喪禮撞期。「人總有太多的責任要揹著，從一生下來即開始，如果這樣想，我會對死亡存著某種嚮往。」這就是「人生的疲乏感」了；疲累的竟想著要擺脫、放棄，唉！

〈三跪九叩〉中的「荊棘叢中立足易，水晶簾下轉身難」是說人生順境反不如逆境，逆境的磨難會使你更強韌，而順境的安逸只能使你停滯甚至退化。道理很容易，問題是人人都盼著順境而規避逆境，因為那種苦的滋味確實是難吞的呵！

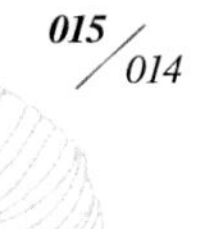

三篇遊記中，使我最具感應的是吳哥窟，常想著如果它不被發現，永遠湮沒於山陵樹木之中那又如何？再如龐貝古城，一夕之間為火山灰覆蓋，那些人類文明在瞬間灰飛煙滅，這就是人生中的「無常」了吧！我們在了解之後，是否還能預防些什麼？

四　上乘之形

論評文學的評析不外有二：一是主題意識之「神」，是為「裡」；另一是文學排列組合之「形」，是為「表」。文麗茲篇之「神」堅實明朗；修辭夭矯多彩多姿，稱得上是「形采神明」。但若是兩者再行軒輊，我以為「形」更勝於「神」，當得上乘之譽。今為析介：

（一）小引：源頭有如古典文學中的「楔子」，樹立在前引領讀者，例如《儒林外史》開端時的「王冕」。迄至現代，如此設計已然珍罕，文麗承祧崔護重來。卷一〈園丁集〉前敘：「那些隨風飄散的種子啊，有些已開枝散葉，繁花似錦，而有些卻早夭深埋於土裡，始終沒有探出頭來。」是為她「人之患」教者綠樹成蔭子滿枝的期望之深，成與不成兩者都有「園丁」的感慨難免。卷二〈頌歌集〉是親屬篇，長、晚輩都有，在前有她的承傳與努力，「身體裡的血脈支流，汩汩湧動，高聲歡唱著向大海流去。」同時也有她的困蹇，「途中的暗礁漩渦，咽噎吞吐成喑啞的休止符。」卷三〈繽紛集〉記生活片段，名副其實的「繽紛」。「生活中的浮光掠影，每一刻的哲思時光，都綴集成無與倫比的繽紛璀璨，即使有悲傷的眼淚，那都是生命淬煉出的結晶。」經歷繽紛之後必要反思，有此始可不負此生。

（二）古典之承祧與域外新知的使用：前者如李白詩「生者為過客，死者為歸人」〈六三〇A手扎〉；後者如「捷克鋼琴家德佛扎克以《念故鄉》（新世界交響曲第一樂章）呼喚波希米亞，那個記憶與血源的原鄉。」〈風之密語〉在文麗的篇中信手端來如小菜一碟。在此不僅表現了她的腹笥之廣；亦且顯示了她的自學之勤；更且證實了學院文學訓練的使命必達。

（三）轉折：轉折前後不是如「行到水窮處」、「坐看雲起時」的平和，而是如懸崖突現、生死一髮那樣的對比。如：「如果沒有發生戰爭，他或許只會在身體

不舒服的狀況下在醫院與我相遇，我會送給他幾顆軟糖和玩具總動員的貼紙，而我的寶貝女兒安妮會把她的絨毛小兔借給他玩，接著兩個小傢伙蹦蹦跳跳跟我揮揮手到外面玩了，傍晚醫院落地窗的陽光把他們的身影拖得長長的，像大人的影子。」「可惜小男孩再也來不及長大了。」（烽火）在前的紅麗天真，一轉折竟成慘白遺體，前後對比有如天壤。

（四）長句：我曾以「氣與力」來比較盛唐詩人李白與杜甫。太白擅長表現長句氣勢，如他的〈將進酒〉：「君不見黃河之水天上來奔流到海不復還，君不見高堂明鏡悲白髮朝如青絲暮成雪」的一氣呵成。文麗於此已可踵武，如：「最神秘的莫過於靠教室走廊最近的那棵九重櫻，從換到高三教室以來，它就是一味地綠，不管時間如何遞嬗轉變，也不見它掉葉，好像有用不盡的蓬勃能量，一直在它體內蓄勢待發，我一直等一直等，春寒料峭時，欉欉如火焰般的櫻花會開吧？但是還沒等到。」、「無論如何，我的視線依然向著窗外，等待，等待著，或許天地間有某種神諭，讓我這涸轍之鮒，也能游進一泓清泉吧！某天，紫紅色的九重櫻在冷冽的春寒中，悄悄將綠葉落盡，開滿花的一支枝椏穿過帆布與帆布的縫隙向教室的我招

手，我灰撲撲的眼簡直不敢相信，這些日子以來唯一的顏色，就這樣瞬時融化我層層積雪的心」（高三女生的窗外）

（五）層纍：如賀鑄的詞作：「試問閒愁都幾許，一川煙草，滿城飛絮，梅子黃時雨」以三度層纍形成張力，引領讀者。文麗的表現如：「我決定把妳們每個定格的動作，凝睇的眼神，延伸的手指，這些大量情感指涉的舞姿，這些超越自己或被別人超越的軌跡，這些時間堆疊的重量，都裝進時空膠囊。」（時空膠囊）

（六）新詞：每一時代有其新創的詞，新詞之來：一是合成，如「調適」由「調整」、「適當」重組而成。二是音譯，如「幽默」。當然更多的新詞之生成是由於自由獨創。文麗的篇章新詞不多，但可喜的是已有，如〈青青子衿，悠悠我心〉中的「逆溯」。〈風之密語〉中的「蜜源」。希望她能擴大創新。

（七）含蓄：文學創作有時候「不說明」比「明白交代」更好，這是尊重讀者，保留一些讓他自己去探索。文例如〈彩排〉，傷逝之作，只有一句：「J走了，在T城，以煙霧繚繞的方式」。沒有交代，但在篇章中可以尋得。

（八）詩化典麗：這是散文與詩的「互文」（一如小說與戲劇，又類同於劉勰

《文心雕龍》六觀之一的通變〉。重在精緻美感，自是詩人文麗的拿手，例如〈彩排〉：「十月秋陽如酒，劇場旁的美人樹正值花期，將近上百朵的淡粉紅色的花熱熱烈烈地滿樹綻開，好像只為這一季節而美麗。」再如〈時空膠囊〉中的舞姿：「妳們的髮鬟全都高高盤起，鬟旁綴以珍珠玉鈿髮飾，白皙頸項彎成優美的弧度，纖細雙手不停轉動著以白色絲綢為傘面的竹傘，優雅的蒲公英啊，在雨中旋起即落。」

（九）動感深密：不同於上一則的是要求「生動」、「深刻」，〈尋找一支舞的方位〉：「她是眾聲喧譁的唯一高音，從五樓凌空一躍，果敢而堅定，像一支疾馳的箭，垂直墜落沸騰的海洋，素淨的馬尾被風揚起，白色的制服如狂風中飄蕩的白幡，接引向幽冥……」「我深深了解D一直是一個人，不管在家庭或者是學校，她一直是一個人攀著浮木在大海中載沉載浮，那如魚的眼睛只剩下絕望與孤獨。」〈關於學生D〉，「多年以來，自己一直是躲在門後的小孩，看母親由一尊少婦雕像到佝僂圖騰，漸漸地對母親的一切沒有觸覺的熟悉，沒有溫度的擁抱，沒有體味，甚至作夢也搆不到母親身上一丁點溫度的膚觸。」〈生命的私語〉

（十）譬喻：修辭中常見的格套，文麗自是駕輕就熟，如「時間至於一個旅人而言，有時不是愈陳愈香的酒，反而像是對記憶嚴重腐蝕的硫酸，將部分的機體硫化水解後變成一道清煙，就此飄散。」（青青子衿，悠悠我心）；「看妳們跳舞的身影，真像是在波光潾洵的水邊優雅舞弄清波的天鵝。」（尋找一支舞的方位）；「翻滾的舞姿如稻禾翻捲。上半身著肉色緊身衣接近赤裸，有出生的意象；下半身著白色絲質寬口褲裙，有純粹的神聖，凜然不可犯的冰清玉潔。」（松煙）

（十一）警句：以極少文字來引發讀者們的深思共鳴。看起來簡單做起來不易，因為最易被戴上「說教」大帽而欲益反損。文麗的書頁中列舉得當，如〈狗兒〉「你可以了解狗對主人的忠誠是海枯石爛，此心不渝的」、「牠們的確是上帝的子民，或許歌德在浮士德所說的『萬物相形以生，眾生互惠而成』正足以形容那樣和諧共處的群相」；「生命自出生的那一刻起即已開始倒數計時了」（遺書）；「海岸不只是海岸，它包含著人類對大自然的匐匍與崇拜。」（記憶海岸）；「荊棘叢中立足易，水晶簾下轉身難」（三跪九叩）；「沏的是茶，學的卻是生活；斟的是酒，品的卻是艱辛。」（甘苦）；「原來，天地間萬事萬物的輪迴，都是如此周而復始的，孩子成長，父母老去，成、住、壞、空的循環往復，本來就是亙古不變的法則。」（雛鳥離巢），以上又都是人生戲碼，值得深思，尤其是吃過一些苦的人更容易了解，你會覺得苦的滋味遠勝於甜，一生之中是很值得去品味的。

五　風景依然

書名《生命的私語》稍軟，建議改為《生命的風景》。看完了這神既清明，形屬上乘的一本，感覺很好，不僅是曩昔紅樓春風風景依然的黃鶴重來；亦是為文麗創作精緻進展的欣慰，更且是書中文筆佳妙觸動到我從事析評的慣性，想著要來寫這一篇。末了，願以南宋蔣捷詞中的一段為贈：「壯年聽雨客舟中，江闊雲低斷雁叫西風。」文麗正當壯年，是該要乘風破浪，前行遠行的。莫要辜負了！祝福文麗，和她的家人。

楊昌年

二〇二三年六月十日

目次

卷一　園丁集

卷二 頌歌集

卷三 繽紛集

卷一

園丁集

那些隨風飄散的種子啊
有些已開枝散葉　繁花似錦
而有些卻早夭深埋於土裡
始終沒有　探出頭來……

青青子衿，悠悠我心

教師節前夕收到一張卡片，往年總是會有教過的學生寄來祝賀卡片，心裡不甚以為意。拆開是一封信，還掉出一張小幅莫內「睡蓮」的複製畫小卡，卡片上面寫著「這就是莫內的睡蓮」，這幾個字我認出是我自己的字跡，但對於曾贈與何人，完全不復記憶，時間悠晃，距離去巴黎自助旅行也已時隔近二十年，一直到前幾年新聞報導巴黎聖母院大火，才在那瞬間把曾走過的巴黎市街從聖母院的斷垣頹壁中重新拼貼起來。時間之於一個旅人而言，有時不是愈陳愈香醇的酒，反而像是對記憶嚴重腐蝕的硫酸，將部分的機體硫化水解後變成一道輕煙，就此飄散。

「莫內的睡蓮」、「莫內的睡蓮」，喔，我輕輕唸了兩聲，好像在誦念屈原的〈招魂〉「魂歸來兮，南方不可止些」、「魂歸來兮，北方不可止些」，這些念誦彷彿起了些作用，慢慢將已分崩離析的記憶斷片收攏召回。是的，那一個月在巴黎的日子，逐漸如印象派畫家所見，光線總是先散射於所有物體的表面，畫本身的主題從未清晰過，霧中的陽光、霧中的睡蓮、霧中的艾菲爾、霧中的奧塞……。彼時年輕，無牽無掛，說走就走，上網訂了巴黎第三區B＆B的旅館，價格低廉、設備簡陋，但交通極為便捷，每天只要研究地鐵路線，想去的景點通常就在地鐵出口處不遠。

逆溯那段光影交織的日子，如浪花浮沫般的記憶紛紛襲來，那不僅關乎花都巴黎的記憶，還有自己在講臺上講得口沫橫飛、比手畫腳的旅次分享，臺下有幾雙眼睛發亮，像瞳孔裡有一盞燭火搖曳的亮光。是那時候吧？剛教書的第一年，總愛分享自己的生活，所見、所感、所思，有時完全忘記自己與臺下學生的年齡差，也總認為他們聽得懂，明白了解自己所想表達的感動。

信一看，字跡似曾相識，但想不起名字，看署名是「孫鳳勤」三字，開始有一些印象了，信一開頭就充滿了抱歉的語氣，大抵是訴說她從FB上搜尋到我的名字，於是很想找到我敘敘舊，當然也表達了想念之情，信上還說：如果她找錯人了，就十分抱歉，畢竟這世上同名同姓的人太多了。她不確定我是不是她要找的那位老師。

是她了吧？那個瞳孔有光的小女生，臉圓皮膚白晰，留著那個年代規定的女學生清一色的齊耳短髮，髮線右分，用一根黑色髮夾夾整齊，髮尾總是無法梳攏不安份地亂翹。幾乎每節下課都拉著她的好朋友不辭老遠從前棟教室跑來後棟我的辦公室。來了也沒事，雙手就巴在我的辦公桌前，問一些言不及義的瑣碎問題，諸如：男朋友、天氣、三餐、電視劇、電影……等等，就是不問功課、作業，有時為了打發她們離開，我就胡亂地塞些卡片或者餅乾糖果，她們仰望妳的小臉終於露出滿意的微笑，拿著戰利品與問來的情報手牽手蹦蹦跳跳地離開了。

一年很短，我在那個國中任教一年隨即就考上研究所，留職停薪重返校園拿碩士學位，租賃在泰順街，三不五時就會收到字跡工整、言語童稚的信，是鳳勤寫來的，時而訴說著想念，時而絮絮叨叨地寫著升上國三考試壓力的痛苦與尋求解方，剛開始還努力地回信，後來就疏懶了，畢竟研究所的課業也沉重。後來碩二又輾轉搬到公館校區宿舍，就斷了連繫，碩士畢業也轉換到高中任教。

這麼多年以來，從未想過會有學生用ＦＢ尋人。學生如潮水，一波又一波；也如候鳥，飛來三年補綴羽翼，又昂首振翅高翔。如蘇軾所言：「泥上偶然留指爪，鴻飛哪復計東西？」所教的桃李無數，在校能契合聊天的已不多，更遑論大批徒子徒孫早已開枝散葉，芳蹤難覓。

其實也不覺可惜，聚有時、散有時。緣起緣滅，自有其一定的定律。教學多年，毀譽不一，總是有喜歡你的、也總有討厭你的，所幸自己已是成熟的大人，面對讚譽，微微一笑，從不掛心；面對毀謗，深切自省改進，也船過水無痕。

張繼高先生在〈永恆的老師〉一文曾說：「真正第一流的老師或許應該是一座『活的標本』，或說是一個榜樣，天天展示在學生面前，讓青年人自己去思考和體認──一個人如果有了智慧和道德會是一種什麼樣子？」無獨有偶，德國教育學家福祿貝爾也曾說：「教育之道無他，唯愛與榜樣而已。」

說來汗顏，在這兩位大師面前，真的無地自容，再怎樣都覺得自己身上諸多缺點，如何能成為榜樣呢？就如韓愈〈師說〉所言：「師者，所以傳道、授業、解惑者也。」行走在人生路上，自己都已有無數的疑惑，如何教人？這是我初上講臺的最大惶恐。學長姐們面授機宜，把教材準備得滾瓜爛熟，上臺就不會有問題了。經

過多年的淘洗，我認為自己可以算是一位業師，在自己的專業領域上兢兢業業、孜孜矻矻，始終努力備課、認真批改作業，甚至不斷在教改路上陪著莘莘學子們匍匐前行、披荊斬棘，對龐大的升學體制作妥協臣服。有時照鏡子會覺得有些陌生，因為自己變得極為市儈，在意學生的考試、在意分數成績、在意那些外在的攀比，所以有時極其殘忍，排密密麻麻的考試、派無數的作業、發無盡的考卷，甚至高調地說：「這是為你們好，以後你們會感激老師的。」

真的嗎？我常常想念教書第一年的自己，年輕什麼都不怕，堅持學生讀課外書，堅持每週分享自己的所讀、所感、所思、所寫，堅持真正的教室其實不在教室。所以在那時臺下會有許多發亮的眼睛，瞳孔裡有一盞盞燭火搖曳的亮光。

事隔多年，我依然站在講臺上，但為什麼亮光一盞一盞地滅了？

當我猛然驚覺時，我已悖離當初想用文學傳達感動的自己好遠好遠，而我仍不斷怪罪是體制的桎梏，經常抱怨「長恨此身非我有」的無奈，總存著「小蝦米如何對抗大鯨魚」的消極，市儈現實已成為我拿不下來的面具。更諷刺的是我還得了一個「杏壇芬芳獎」，我把獎座供在書房書櫃裡，屢屢看見都覺得孔老夫子在對我齜牙咧嘴：「杏壇，妳也配？」

的確不配！當我自己在講臺已無法感動自己了，我如何感動座位上的每一朵桃李？鳳勤將「莫內的睡蓮」保存得如此完整，我深信在講臺上的某些時刻、某些話語、某些浮光掠影已深深鐫刻於她的心版。而這也正是我逐漸失去的師者靈魂。

我和鳳勤住在同一個城市，但並沒有約見面，也沒有想像中「離散多年師生熱淚盈眶擁抱」的畫面。我在FB回訊息給她，訴說自己這幾年的變化，而她彷彿仍是那個巴在我辦公桌前的小女生，絮絮呶呶地講著她曾如何被我感動，也想走上國文老師的路，但總差那麼一點機緣，也在經濟有餘裕之時，親自踏上巴黎奧塞美術館尋訪「莫內的睡蓮」。當然，令我最開心的事是她已為人母，

是一對雙胞胎兒女的母親，我看著FB上一對小兒女的可愛照片，和鳳勤一樣圓臉皮膚白晰，瞳眸有光……。

本文原刊於《中華日報》副刊二〇二二年十一月二十六日

尋找一支舞的方位

那天她從學校E棟頂樓跳下的時候，學校每一個人都顯得很忙碌，每年一度歡送高三畢業生，整個校園沸沸揚揚，從車水馬龍的校門口開始，一片紅色熱鬧的喜氣瀰漫著跳躍的音符，各式顏色的氣球被圈攏成一座又一座的拱門，像極了一場戶外婚禮，偶爾一個沒有繫牢的氣球慢慢昇華到天空，成為一個彩色的休止符。側邊豔紅的鳳凰花在高高的枝椏上托著天空的湛藍，斗大燙金的「一帆風順」、「鵬程萬里」在陽光的照耀下彷彿一切的祝福都將成真，這是充滿依依離情的季節，又是張滿風帆航向希望的日子，這時候的校園有一種難以言喻的美麗。行政大樓兩旁劃開的綠，瘦楓、老榕、斑駁的陽光迤邐潑灑在車窗，開車經過時，一路深深淺淺綠的光影，校園的人影、聲音都在這綠的海洋裡喧嘩。

她是眾聲喧嘩裡的唯一高音，從五樓凌空一躍，果敢而堅定，像一支疾馳的箭，垂直墜落沸騰的海洋，素淨的馬尾被風揚起，白色的制服如狂風中飄蕩的白幡，接引向幽冥，這的確是她的舞姿，脫俗靈逸而絕塵。沸騰的海洋開始靜止，殷紅的血安靜緩慢地滲流，白色的地磚、白色的制服、白色的臉蛋、白色的日光，都有了一絲絲猙獰的血色，血不斷地從不知道的地方慢慢擴散，迫不及待地想參與這一場畢業盛宴，這紅色的血流淌成一種狂喜，怒張而放恣，很快成為一張輿圖，經度與緯度交叉成網狀的脈絡，標幟著她所著陸的位置。人群開始一步一步聚攏，驚訝、惶恐、害怕、尖叫、震驚紛紛寫在年輕的臉龐上，這些她曾經熟悉或許陌生的臉。她的眼睛毫不羞怯地半閉著，好像還有一絲眷戀，嘴角帶著一抹神祕的微笑，一灘血自她的耳後湧出，大聲宣告死亡是唯一的真實。每個人的靈魂都受到極大的震憾，有人開始狂奔呼救企圖拉回死神手上的青春，有人仍未從驚恐的顫慄中復甦，有人想更一進步看清她是誰，有人開始低嚎哭泣，有人暈眩嘔吐……，而畢業典禮的氛圍持續進行著，擴音機中傳來教官室的報告「畢業生及在校生請離開教室到禮堂集合，請來賓、家長前往禮堂觀禮……」，偶爾幾聲串場的炮鳴，昭告歡送的節奏一切如常，空氣中悠揚的樂音籠罩著每個校園角落，任何人都可以輕易嗅到醞釀多時的喜慶味道，這確實是個值得慶賀的日子，在這所以考試多著稱的學校，畢業即是大學的保證。而她以如此驚濤裂岸的方式祝賀自己，一場華麗的祭典，附和著校歌輕颺、驪歌輕唱、眾聲喧嘩。

到了晚上，這蕞爾小島全都知道這場墜樓的意外，街坊左右鄰居紛紛成為熱線新聞追著跑的寵兒，許多她從來不曾喊過「伯伯」、「阿姨」的人，偌大的臉對著攝影鏡頭，絲毫不扭怩作態地追溯她的成長史、她的乖巧聽話，聲音表情滿是惋惜。她的一張張照片，從幼稚園、小學、國中到高中任何一個環節，都被淋漓盡致地展示，尤其是她自幼學舞到高三畢業舞展的紀錄，十八年璀璨的青春被濃縮成幾分鐘的精彩回顧，乍看以為是文藝新聞報導那個舞蹈家的生平翦影。她的影像在那幾分鐘的時間倏忽地撞擊著坐在黑箱子螢幕前翹腳、吃飯、聊天、喝茶、罵小孩、摳鼻孔、親嘴、做愛……的人們。「死了一個高中女生之後？」聳動的標題，讓沈痾的十年教改再度成為人們痛批的對象，教育部長被叮得滿街喊打，無殼蝸牛的精神領袖轉換跑道，再次聚眾為教改而重披戰袍，學校亦成為眾矢之的，升學導向的策略一再被批判檢討，全校學生因此被禁止對外作任何的發言，否則一律退學處份。歷年來的國、高中生自殺事件，也被一一逆溯，「升學壓力是自殺原因第一名，感情問題排名第二，家庭失和……人際關係……」，專家學者咸認為目前青少年沒有正確紓發壓力的管道，而不懂調和身心內外的衝突，社會及校園所設置的諮商輔導管道無法發揮預防疏導的功能，宣洩情緒的作用不如打一小時的網咖。「死了一個高中女生之後？」成為當天所有叩應節目最hit的題目，所有觀眾百姓齊心協力關心起「教育」這個議題，並且利用廣告時間滿眼愛憐地看著圍繞在身旁嬉鬧的小兒女，有一種久經亂世顛沛流離後的幸福。

我一直以為還在夢裡，人群低低切切的唇語在耳邊絮絮叨叨響起，翻身側睡又見到一隻鼓著白色薄翼的蝴蝶停駐在床沿，羽翼幾近透明無瑕如月夜裡的一陣輕紗濛霧，恍惚迷離而真實，這隻白蝶悠緩地搧動翅膀，羽葉上交織著一圈圈似有若無的波紋漣漪，一陣風涼如水，我聽見輕輕的喟嘆。白茉莉的花香，漸漸由遠而近的濃郁，空氣中蒸融著浸潤肺壁細胞的香氣，並且強烈執拗地佔據每一個象限，終於每一口心肺交替的都成了嗆鼻的一氧化碳，我劇烈咳著，衝進浴室，捂住胸口，一陣翻攪從胃裡衝出，半夜凌晨，一切還原成真實。

小葳，妳在E-mail上說：N城六月正是彩虹高掛的季節，紅、橙、黃、綠、藍、靛、紫像在天空漫游的彩色河流，在雲端盡處有長著翅膀、渾身發光的精靈仙子，輕輕點著灑滿金粉的仙棒，將祝福散播給彩虹底下幾萬人參與的同性戀遊行隊伍，妳正用力唱著裘蒂．嘉倫的「Over the Rainbow」，全世界同志公認的象徵歌曲。想見妳與一群人在N城擎起一面一哩長的彩虹旗，從中央公園南邊（Central Park South）蜿蜒至第六大道，最後輾轉來到時代廣場，這個N城的大地標，每年歲末年終雪花紛飛時總有萬頭攢動、齊聲倒數計時的吶喊震耳欲聾，小葳，而現在妳是人群中的一個，畫面飛到妳臉上，現在是六月，陽光煦煦照在妳發亮的臉龐，一頭俐落的短髮因高舉吶喊而蜿蜒成海浪的弧度，細削的背影被陽光拖得好長，影子兀自在影子間彼此僨張交疊，時而掄起拳頭、時而舉起標語。

人們都說N城是個末世之城，充滿罪惡、性氾濫、毒品、謀殺……，一切腐敗的元素與欲望橫流，獸妖暗藏，真理與公義永遠被踩在腳下，他們都說N城已經淪陷，暴君尼祿的赤焰烈火將此城熊熊燃燒，從此再也不見百合與薔薇。然陽光靜好，妳傳送來的檔案照片，漾著淺淺的笑，彩虹旗在身後被風翻頁，將街衢變成彩虹海。

我披上一件外套，為自己泡杯咖啡，滾燙的熱水將咖啡溢出，一灘漬黃，想著宜宜。夜間新聞持續延燒學生跳樓的辛辣，啜口咖啡，轉臺，一樣的新聞焦點，高三學子疑因課業壓力跳樓自殺，並未留下任何遺書，警方已封鎖現場，相關證物檢體將一一採集，警方將仔細偵辦此案，釐清原因。再轉臺，據警方了解，該生當日曾與同學發生口角，可能一時刺激想不開。又據該校輔導室主任表示，該生曾因人際關係及課業壓力調適問題，數次主動到輔導室諮商晤談。據本臺了解，該生父母離異，與母親同住，母親在pub上班，外面交際複雜，與一名張姓男子同居。我看到宜宜的媽媽戴著墨鏡被大批的記者、麥克風促擁包圍，妳女兒最近是否有些異常行為？妳的工作是否間接影響妳女兒的生活？妳女兒在前一天是否有跟你談些什麼？她的功課壓力是否太重了？她有男朋友嗎？妳知道她為什麼自殺嗎？她有留遺書給妳嗎？妳還有什麼話要說嗎？宜宜媽媽墨鏡下的臉顯得有些浮腫，雙手使勁地撥開麥克風與閃光燈，倉惶離開嗜血腥羶的包圍。

小葳，妳還記得高二的第一篇週記嗎？那時我剛來到這所學校，並且第一次擔任導師，班上人數很少，才十六個人的舞蹈班。妳們的舉手投足，都是學校的焦點，每個人都留著一肩的長髮，平時綁著素淨的馬尾，上舞蹈課時紮起包包頭，露出長長的頸項，看妳們跳舞的身影，真像是在波光潾洵的水邊優雅舞弄清波的天鵝。現在問妳第一篇週記，彷彿時光有點悠遠，這些日子以來，我不斷地將妳與宜宜之間的故事細細釐清，仔細倒帶，想要定格在焦距清晰的片刻，但是往往即將要把那團混亂毛線找出頭緒，一個不留神，它又溜煙滑到椅腳，於是，那瑟縮在角落並且沾滿塵架的記憶，又得再一次彎腰側身拾取呵氣擦拭，多希望手上有個鑑照過去、預卜未來的水晶球，或許這樣，我可以更清楚當下的時空，將我們各自殘存的種種關聯搜集網羅，化約成我們共有的公因數。

時光的山嵐阻隔在過去與現在這兩個山頭，他們彼此喊話，卻只聽到空盪盪的回音。一直到荏苒的陽光初露雲端，漸漸消融氤氳的水氣，過去與現在的波率頻幅終於得以掃盡橫阻的靜電與雜音，讓重逢的記憶有了共通的語彙。望見青青草原的山頭，開滿一大片的風信子，美麗的風信子，晃如曇花瞬間綻放的光速，青青紫紫的花穗從靦腆的卵鱗球莖熱熱烈烈地抽長，循著風吹動的行跡路線，佔滿觸目所及的視覺版圖。小葳，妳在週記上寫著：「美麗的風信子，有一則動人的故事，牧羊少年海辛瑟司（Hyacinthus）是位俊秀的美男子。他是太陽神阿波羅與西風之神傑佛瑞斯（Zephyrus）的好朋友，他兩人常為了海辛瑟司而爭風吃醋。某天，阿波羅與海辛瑟司在草原上高興地擲鐵餅，湊巧被躲在樹叢的傑佛瑞斯撞見，一團怒火自心中升起，想捉弄他們兩人。正當阿波羅將鐵餅擲向海辛瑟司之際，傑佛瑞斯吹起西風，竟將沈甸甸的鐵餅擊中海辛瑟司的額頭，英俊的海辛瑟司血流如柱，一命嗚呼。阿波羅將之抱起，心痛之時，發出Ai，Ai（希臘語『永遠』的意思，也代表永遠的懷念）的感嘆聲。鮮血暈染的土地，不久後長出串串的紫花，阿波羅將它命名為Hyacinthus（風信子），以紀念海辛瑟司。從此後，紫色風信子，被當作嫉妒的象徵。」妳接著寫：「這算是同性之愛吧！它卻與異性之愛一樣，交織著嫉妒與佔有，或許這就是愛的本質。而且往往不被祝福的愛與悲劇的結局卻被人傳誦不歇，於是旖旎的愛情多摻雜著難以吞嚥的苦汁……」自此我對妳刮目相看。殊不知妳早熟的思慮早已衝破十七歲的藩籬，提前一步跨過「強說愁」的慵懶閒情，直接而強悍地面對真實人生情感的凛烈厮殺。

宜宜，那隻白色的蝴蝶，是妳，羽翼如此晶白潔亮，熠熠翕動在銀色月光下如女神曼舞，妳在舞臺上划動白色長長的水袖，熾黃的燈光打在妳的臉上，柔情似水，妳的五官是淒美的祝英臺，有著細細的眉與眼，雪白的冰膚，水袖拋灑幻化成漫天飛花，宛如白色浪濤擊天而降，而妳纖纖素手無法遮擋世俗的符咒，一股腦兒拋擲的真情執著，換得新墳已乾，白蝶雙飛的纏綿終究是不得祝福的悲劇。宜宜，妳跳得真好，靈逸而絕塵，滿堂的喝采與歡呼。我想到妳向下筆直墜落的速度，風自臉上刺刺劃過，頭髮揚起，妳縱身躍進地心引力的定律，從此沒有返回的路徑，毀滅與寂寞隨身相伴，是否如同那一夜在舞臺上妳縱身躍入墳塋那般冰涼？

「妳還痛嗎？」我問。

「我永遠都不會痛了……」宜宜從蝶身幻成祝英臺，卸妝到一半的臉驀然抬起，靜靜地挪移，淌淚的臉，無言。

「怎麼辦？我怎麼向小葳交代？」我伸手拉住她的衣袖，如絲絃陡然斷裂的淒厲在冰冷的空氣中拋起，空了的手掌只有風在游動。

窗外星光隱微，月光緩緩移動，眼淚滴在手臂上，結晶成鹽。

校園安全引起重視，如何防範學生自殺及意外事故，幾天來都成報紙新聞媒體追逐的焦點，熱線追蹤持續追蹤，學校自殺現場被封鎖，黃色的警戒線在校園中特別醒目，同學及朋友悼念她的花束整齊地置放在地上，白色地板上的血漬已被清理乾淨，三不五時還有麻雀在上啄食跳躍，一些私交比較好的同學來到這默默噙著淚，唸著「宜宜……安息……」之類的囈語，也有人說看到宜宜還坐在頂樓邊，晃著雙腳，口裡哼著歌，向過往的人微笑招手，也有人看到她在頂樓跳舞，穿著白色舞衣及紗裙，纖細的雙手好似環抱著一個人，兀自跳著有節奏的雙人舞，李斯特的「第三號愛之夢」在空中繚繞，為她伴奏……。

小葳，還記得高二上生命科學時，我特別提到生物的性別、性行為及同性戀的問題，「萬物之靈的人類，常以自己雌雄的角色印象，加諸於別人，甚至所有物種上。其實，雌雄的有性生殖模式，只佔生殖策略的小部分。某些種類的藤壺、蚯蚓及條蟲，牠們是陰陽同體，有的實行異體受精，有的甚至可以自體受精。蜜蜂、螞蟻、蚜蟲，雌體無須與雄性交合，便能產生後代。談到性別決定，人類掌握於雄性精子攜帶的是X或Y染色體；鳥類世界，相似抉擇，卻由雌性的卵來做定論。還有被大家投以異樣眼光的同性性行為（同性戀），也不只存在於人類，Cnemidophorus蜥蜴，兩隻雌體會有類似做愛行動，其中一隻弓起背部，尾部環繞，咬住對方脖子並騎在對方身上；非洲臭蟲的雄體，會用矛般的生殖器官，反覆戳插其它雄性，把精子強行注射到其下體；成群雁鵝，也會出現男男廝守終身的配對情形……」那一堂課很熱絡，大家後來才知道，如果就演化的觀點來看，同性性行為是普遍而存在的，而且就統計數據而言，同性戀在哺乳動物中的靈長類最為普遍。

我已不記得妳與宜宜的表情，是尷尬？還是覺得有罪的人終於可以得到救贖？我在無意的講課中，解救了妳們被冷冷禁錮的靈魂。孩子，相信我，妳們相愛其實是可以被祝福的。孩子，當妳試著釐清自己感情趨向限度時，其實不需要躲在角落接受旁人的抖擻狂笑，也不須為這氾濫庸俗的社會價值作妥協，更不該讓妳們被審判定罪、受輿論的鞭笞詛咒……，甚至，宜宜必須帶著血漬與寸斷柔腸在永恆的煉獄裡受熊熊的火焚，不得超脫。

夜的陰冷悄悄纏繞裸露的腳裸，咖啡已退溫，杯緣仍留有微微的唇印，似笑非笑怔怔地望著我，像飄浮在空中的魚，靜靜地吐出氣泡。輔導室張老師給我的資料，粗黑的字體在白紙上匍匐爬行張牙舞爪鼓譟，一頭頭困獸亟欲走出邊界，「一九九〇年臺灣第一個女同性戀團體『我們之間』成立，美國改革的猶太教派，接受男同性戀者可以擔任猶太牧師。一九九一年國內首對女同戀伴侶在雙方家長的祝福下，設宴以公開儀式結婚。一九九二年陽明醫學院的精神科醫師周勵志，首度組成一個同性戀成長團體。一九九三年臺灣大學Gay Chat成立社團，「愛福好自在報」創刊，「臺灣同性戀人權違反歧視法」進入立法院討論，超過三千多對的男女同性戀情侶，在華盛頓第二屆的Nation March中集體結婚。一九九四年四月女書店在臺北開幕，成為女同志的據點，國內網路各大的ＢＢＳ站相繼成立motss（同性之愛）版，各大學繼臺大之後成立同性戀社團。一九九五年臺大女同性戀（LAMBDA）成立，六月臺灣首度『端午節同性戀節日』，七月女同性戀小說『鱷魚手記』作者邱妙津於巴黎自殺……」一場場烽煙漫火將女女男男的愛情場域無限延燒，觸目所及均是焦土，每一步都是戰場，女女男男，男男女女，簡單的排列組合，卻得游刃於經脈交織的血泊中去接引希望……。

我看見自己理直氣壯地衝進教官室，手中緊握著許多想足以說服人的資料，胸口緊縮著，堅定的理由一個個悍然地插著腰桿，想自支氣管橫膈膜脫口而出。小葳、宜宜，相信我，妳們相愛是可以被祝福的，這一切都是合理的⋯⋯，妳們不需為這氾濫庸俗的社會價值作妥協，更不該被審判定罪、或者受輿論的鞭笞詛咒⋯⋯，當妳試著釐清自己感情趨向限度時，其實不需躲在角落接受旁人的抖擻狂笑，妳們要的是理解、接受、或者等待。宜宜媽媽一徑哭著，小葳的父母盛怒，當下決定轉學移民，而妳們就像做錯事的孩子倉惶不安，惴惴垂聽大人世界公理與正義的定讞，我試圖以一擋百，在妳們、家長、學校三方拔河，與大人世界的道德尺規拉鋸，每一個理由都被固執的圍牆阻隔，每一字句都成幻影泡沫，輿論只觀照自己的世界。

妳們被發現在一間舞蹈教室的鏡子前擁吻愛撫，那是一個夜晚，大家正忙著實習舞展的綵排，而月光森冷，在窗前緩緩挪移，妳們如妳們所跳的舞碼：青蛇與白蛇，兩兩交纏悱惻，青色的月暈投射在鏡子前，寒涼的薄霧妖媚繚繞，鱗片幾近透明，在荒煙蔓草中妳們如太初闢地時永恆的圖騰，渾然不知外面的千軍萬馬，四面楚歌。

小葳，妳無寧是幸福的，在另一個場域國度，可以有不一樣的認同，並且持續對舞蹈的活力，妳告訴我，已經通過Monte／Brown Dance現代舞團的徵選，這是N城著名的現代舞團，以令人如痴如醉的魔力還有高難度的舞蹈技巧取勝，妳傳送來的檔案照片，漾著淺淺的笑，彩虹旗在身後被風翻頁，將街衢變成彩虹海，現在是六月，陽光靜好。

從那一次事件後，我選擇離開，我對宜宜抱歉地笑著，我還記得宜宜那天一身縞素，從裡到外一徑地白，我的心底眼角都濕了，我們在走廊道別，陽光將影子複寫在地上，某種失落的感慨映照瞳孔，目光代替了言語，幾分鐘好像永遠。

電視畫面停格在車水馬龍的校門口，一片紅色熱鬧的喜氣瀰漫著跳躍的音符，又淡入到自殺現場，黃色的警戒線在校園中特別醒目，同學及朋友悼念她的花束整齊地置放在地上……，沒有百合與薔薇。

本文榮獲二〇〇三竹塹文學獎散文類第二名

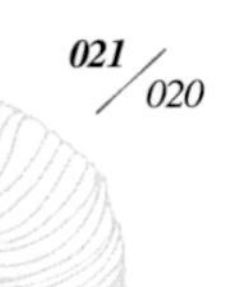

關於學生D

一　雨季的某一天夜裡：一九九六年十二月七日

下雨，雨點打在車窗上，我又聽見了D的哭聲。

D是我的學生。她的哭聲由開始的嚶嚶啜泣轉為尖銳淒厲，彷彿要撕裂人的五臟六腑。車在雨中前行，我清楚看見她如魚一般的眼睛，在眼眶內浮出來，映在車窗上。我曾數度與她在車內晤談，想避開蒼蠅似的教官，還有理論派的輔導老師，更想躲過一雙雙好奇徵詢的眼睛。

每次我總要先檢查她的手腕，潔皙的皮膚上佈滿數不清橫割的線，或深或淺，有些是舊傷，有些明顯是新痕。D上排牙齒死咬著下唇，微紫的嘴唇上有清楚的一排齒痕。

「放輕鬆，這裡沒別人。」我說。

她鬆開牙齒，想真正放下警戒心，她開口吐出些空氣，並不搭腔，雙手緊緊攣在胸前。

其實，仔細看D，真的感覺在普通人臉上只佔百分之二十視覺印象的眼睛，到她臉上竟擴張到百分之四十的比例，有些突兀，但輪廓仍然分明有致。D曾數度擔綱學校舞蹈表演獨舞主角，尤其跳後現代芭蕾「城市」那一齣舞碼時，讓我印象深刻。D身著鐵灰九分袖亮布緊身衣，加上黑色片裙，以及染成黑色的芭蕾硬鞋，聚光燈一打，她獨自轉圈、穿梭於冰冷的布幕中，最後燈光熄了，她ENDING在舞臺中間，我坐在觀眾席前排，還看到她那雙眼睛空洞地飄啊飄的，「城市」要表現的疏離與冷漠，在熄燈後的那雙眼睛中脈脈流洩。

D永遠是男生的焦點。全校不知道她的人幾乎沒有。每次校慶晚會，D一定是風光耀眼的SOLO DANCER。下課十分鐘，每次都有男生藉故社團事物，或是公訓活動的編舞，找D幫忙指導，排練舞步。我遠遠看D，好個高傲的下巴，還有那天生舞蹈家的優美線條，後腦勺素淨地紮起馬尾，整齊乾淨俐落，彷彿優美的天鵝露出長長的頸項，在清清淺淺的水灘悠游著。D給我的感覺最適合跳「吉賽兒」，尤其是她臉部的表情，將抑鬱而終、得不到情感歸宿的吉賽兒詮釋得很棒。反倒是「胡桃鉗」裡面的精靈仙子較不適合她，因為D即使露齒微笑，那雙魚眼睛還是飄著憂鬱。

二　一年半以前：一九九五年六月十日

D死在風城。風城六月，白天處處是狂飆無主的風，赤燄燄的日頭讓黑色的柏油路面出現氤氳的海市蜃樓，校園圍牆旁兩排的鳳凰木瘋了似地向天空迤邐燃燒，開車經過，像劃開紅海的摩西。

倒在浴室血泊中的D，像是在紅海中泅泳的嬰孩，也像褪去顏色的鳳凰花瓣。我握住她的手，指甲灰灰白白，紅色的生命汁液一滴一滴淌盡。

我不解地想著，一個人，或者說得更確切些，一個十七、八歲的高中女生，到底要有多少勇氣，才能拿起亮晃晃的刀架在自己血管脈絡清晰可見的手腕上？又到底要有多少決心，才敢讓皮膚下的血液伏流奔騰洶湧？在漫漫人生中，我也想過要輕生尋死，然而想到死的慘狀，以及死後的幽冥未可知，立即打消念頭。

在D之前有個學生，每每心情不悅都揚言：「我要喝農藥，死掉算了……」剛開始同學都驚恐萬分，火速找教官、訓導主任、輔導主任、導師，久而久之，大家也彈性疲乏了，就當她是放羊的孩子，都輕蔑地認定她是「習慣性自殺傾向」，目的只在博取別人的同情罷了，沒有真正尋死了斷的勇氣。但終於有一次她在同學面前成功地喝下農藥，口吐白沫，立即送到長庚，五臟六腑雖受侵蝕，但小命保住了。自殺者總是不知道那一天自己會成功地死去。所以每每有報載國中生跳樓輕生，著名女星因感情糾紛上吊自殺，我想他們與D都一樣，都是讓「自殺」的念頭在心中千迴百轉，演練過無數回，終於有一天，D與他們都成功了。

三　一九九五年一月二十六日

學期末快結束時，我在舞蹈教室外看見D。

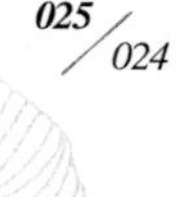

很難確定D是什麼時候開始變胖的。她原本瘦削但有力的肩膀突然厚實起來，一節節的膀子鬆垮垮的，像懸在肉舖上盪來盪去的肉，雖然白皙依舊，然已失去彈性；不該有的小腹與臀部贅肉，不聽使喚似地原形畢露，她有意地挑件深紫緊身衣，頭髮盤起來梳著包包頭，正準備熱身。原先優美的線條被不平整的曲線所取代，令人錯愕驚慌。

她從舞蹈教室的前面鏡子中瞥見我，小腹連忙深吸一口氣，想用力彈回多餘的贅肉。

「D，怎麼變胖這麼多？」我的語氣有些責備，更大的成分是詢問。身為導師的我，簡直不敢相信前面站的是D，如果不是那高傲的下巴和那雙比例百分之四十的眼睛。

「老師，冬天嘛！難免比較愛吃愛睡呀！老師不要太緊張啦，考試快到了，文大舞蹈系我要去考呢！我會注意的。」一眼睛閃爍出當新鮮人的憧憬。

D真的沒有熬過任何一場考試，她甚至連術科試跳的機會都沒有。我一直很自責。

四　一九九六年十二月七日，雨中夜行

夜裡開著車，雨水如潑墨，我清楚看見D的魚眼睛貼在滴水的車窗玻璃上，圓圓濕潤閃亮的黑色，乞求哀憐。水溫變冷，D的哭聲就變酸楚。

有時夜裡醒來，我常聽到D與那些自殺成功者的歡呼。我不知道他們是否依然存在，但是，D的一切已經存檔到我的記憶體中，侵入耳膜，進駐腦海，時時刻刻，使我心碎。

車內的CD音響開得很大聲，我想掩蓋D的哭聲，播放的是「第凡內早餐」主題曲「Moon River」，令人想起濕漉漉的奧黛麗赫本在雨中丟棄心愛的貓咪，還有那把咿咿啞啞未成曲調先有情的吉他，到底遊走於過去與現實之間，人是否都會有些恍惚呢？聲音低沈具有磁性的男歌手Andy Willians詮譯的「Moon River」，更讓我想念D。

五　一年九個月前：一九九五年三月六日

D的體重仍然沒有減緩的現象。護士小姐打電話說D到健康中心拿OK繃貼手腕，赫然發現D的手腕上有無數細痕。

D在週記吐露她的夢境：一個人在鏡子前一直跳一直旋轉，彷彿穿上童話故事裡永不停止的舞鞋，是誰促使我有這種力量，或許真的是古墓走出來的精靈或是幽魂吧！如果能夠一直旋轉，永遠舞著，忘記現實，那該多美！願意接受「吉賽兒」的帶領，一路舞至死亡的深谷，化作空氣……。

這是不祥的預兆，我卻當它是抒情的佳作，與D大談死亡美感。

「妳難道都不會痛嗎？」我約談D。拉開她的衣袖，扯出割腕的左手。我依稀記得年少想尋死的愚蠢。

D開始嚶嚶啜泣，不敢放縱自己，那哭聲嗚咽如絲，由小轉大，肩膀起伏抽泣，彷彿痛苦隨身潛藏，無法拋棄亦無法解脫，想到D表演前化妝化到一半的臉。D持續地哭，那魚般的眼睛外突得更厲害了，浮腫似球。我輕拍她的肩膀，她的牙齒又咬住下唇，血絲殷紅。

「老師，妳不懂，我的家庭……我的繼父……我不想讓別人知道太多，老師放心，我這樣做，只是嚇嚇我媽，還有繼父……」D惜字如金，不肯讓我問下去，雙手依然攀在胸前。後來我將她轉介給輔導室張老師，她很恨我，說我為什麼不能守住她自殺的秘密，又認為輔導室根本是個不安全的地方，一進去大家都知道她的祕密了。後來輔導室張老師跟我說：「貴班D君，根本拒絕接受輔導，一來就上排牙齒緊咬下唇，下唇還滲出血絲……」

我徹底明白D原先最信任的我已經不存在，她現在是一個人決定她的世界，她的生存與否。

六　一九九五年三月二日

D不是變胖，而是懷孕了，是她繼父。D的母親哭哭啼啼跑到學校找我，我簡直不敢相信有這種慘劇發生在D身上。D跳民族舞蹈耍長槍的英姿霍地出現眼前，

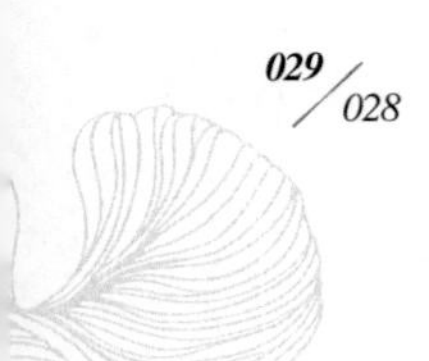

那長槍舞弄轉動快速就發出「咻咻」地響聲，滿堂喝采。D表演「滿江紅」，身著古戰袍揮著長劍，交響版的「滿江紅」音樂，由陽剛而陰柔，D表演的身段令人柔腸寸斷。

「老師……都是我不好，那男人簡直不是人……是他毀了我女兒……」D的母親在辦公室歇斯底里，她比D更需要創傷治療。我深深了解D一直是一個人，不管在家庭或者是學校，她一直是一個人攀著浮木在大海中載沈載浮，那如魚的眼睛只剩下絕望與孤獨。

「不要再做傻事了，好嗎？妳要比以前更珍惜自己，孩子可以拿掉，一切可以重新再來……」我小心翼翼哄著D。D仍只是哭，馬尾素淨地跟著肩膀起伏。

「我希望妳跟我講講話，好不好？哭不能解決問題。」我很著急。我知道D仍然很在意我把她轉介給輔導室。我也真的後悔，因為我徹底失去D對我的信任。我也清楚了解那時想找輔導室，是想找別人一起承擔對D的責任罷了！任何一個學生的死，不是我所能負擔的。D她會了解我的壓力及心意嗎？

七　一九九六年十二月七日

我將車子熄火。在黑色的夜裡看滂沱的雨在空中疾馳競走，這雨長長久久，潮潮溼溼。我一直相信D會從淚水中得到清醒，我沒有逼她多說，我一直認為哭是一種解脫，或是情感的釋放，我只是靜靜地陪著她抽噎。我忘記了，哭對D是一種決定，是將所有情緒重新淘洗，是將所有重擔一一在心中累積沈澱。我的內心濕濕漉漉，這才是雨季的開始。

D終究割腕成功了。在車窗上，我清楚看見她最後一滴淚水，想去擦拭，已成斷線的珍珠。

本文榮獲一九九七竹風散文創作獎第二名

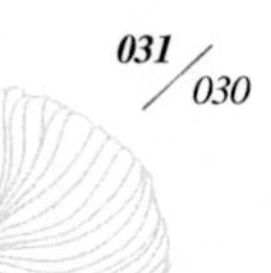

彩排

一

J走了，在T城。以煙霧繚繞的方式。被人發現時，臉上呈現淡淡的粉紅色，很美，就像一朵靜好的美人花。十月的T城，溽溼燠熱的盆地，入秋後仍火傘高張，黑色柏油路面時而氤氳出虛幻縹緲的海市蜃樓。T城沒有一蓬一蓬盛開的美人花，只有筆直的瘦楓與綠榕，陽光迤邐潑灑出深深淺淺的綠在車窗上，開車經過時，彷若泅泳在樹海裡。

J的告別式在T城大學校園舞蹈系館，家人、師長、朋友、同學幾乎都到齊了，告別式的會場佈置非常簡單，一朵朵白色的香水百合散發出濃烈的氣味。高中同學S剪輯了許多J的翦影：跳舞、展演、生活中的照片影片，一幕幕都在斗大的布幕上放映著，J燦美的雙十年華被濃縮成七分鐘就謝幕了。Kevin Kurn「Beyond the Sundial」的輕柔鋼琴聲配樂一直在會場迴環流瀉，每個人都沉浸在與J或長或短的過往記憶中。

二

進到了學校劇場，一個光亮與闃暗交接的地方，這是最好懷念J的地方。在這所有陽光褪去，只剩一排低矮的邊窗，透著灰濛濛的光，連空氣塵埃也安靜地沉下來，撲面而來的是整面的墨黑，從天幕沿伸到大幕再到側邊的翼幕，織成一張密不透光的黑網。

幽深不可測的黯黑，讓劇場有股神奇的魔力，將現實與虛幻的畛界抽離了。觀眾的視線在幕與幕間流動，表演者在舞碼與舞碼、劇與劇之間穿梭，快速地換裝變化髮型服飾，同時也在瞬間轉換角色、性格。

J話不多，眼睛大而深邃，五官輪廓分明有致，舞臺上的她，隨著眼眸與肢體的顧盼流轉，脈脈無聲流洩的情感隨著或緩或急的音樂節奏，總能將觀舞者的思緒遠遠颺起，沒入時空邊界消失的黑洞裡，靈魂意志被舞臺上的J緊緊繫引著。

三

學妹們的畢業舞展彩排持續進行著，乾冰煙霧機在左側翼幕噴出一縷縷白煙，煙霧如篆字般荏苒繚繞，在幽黯的劇場裡，煙霧行進的軌跡特別清晰，彷若回到混沌太初時天地玄黃，宇宙洪荒，嶙峋的地表披覆著荒煙蔓草。此時月光森冷，如一把冰冷的利刃閃爍著寒光，我坐在臺下也不禁打個寒顫。陡然間，翼幕旁的側燈亮起，一束強光直射在白煙上，所有懸浮於空氣中的粒子在眼前清晰可辨，無所遁形。臺下已然蹲踞著六七個穿著黑色緊身衣褲，臉上戴著白色面具的舞者，側燈的光源雕塑出舞者毫無表情的側面曲線，白色面具如魅影，完全無法分辨誰是誰？

J，其中一個戴著面具的，會是妳嗎？

舞者開始流動，大致分成三區，左右側邊的兩排舞者不斷地想為對方摘下面具，然而卻永遠有新的面具被戴上，舞者的手與上半身的線條不斷向外拉扯延伸，彷彿想把已經桎梏在臉上牢不可破的虛偽扯下。德國現代作曲家Max Richter強烈急促的弦樂演奏結合後現代冷靜節制的電子合成音樂，一舒一張間，整個劇場漫漶著飄忽的絕望，彷彿人內心的糾葛與外在現實的纏繞不斷拉踞拔河。時間持續流動著，世界末日的詛咒也即將來臨，音樂戛然停止，中間帶面具的獨舞者以極尖銳的嗓音嘶吼，劃破了清冷異常的劇場空間，在她奮力扯下面具的剎那，我看到了妳——J。

四

十月秋陽如酒，劇場旁的美人樹正值花期，將近上百朵的淡粉紅色的花熱熱烈烈地滿樹綻開，好像只為這一個季節而美麗。

上次美人樹綻滿枝椏，也約莫在這秋風颯爽的季節，已經升大三的J和幾個同學一起回學校劇場看學妹彩排，J就坐在我後面第三排左側長條椅觀眾席上。我問

J在T城的大學生活，大部分都是我問她答。在一群活潑的舞蹈班女生裡頭，她總顯得沉默。後來中場休息時間，我們一群人走出劇場，絮絮呶呶地聊著走著，淡粉色的美人花如煙似霧，美得不食人間煙火。

我記得那天最後的對話，我問J：「大學生活快不快樂？」J揚起美麗的嘴角笑而未答，一朵靜美的美人花正輕輕從樹稍隨風墜落。

五

知道J走後的幾天，我到她家拈香，靈位尚未設置完畢，只有J燦美如花的一幀大照片簡單靠在客廳桌上。照片上的笑容眼神很真實卻又遙遠空洞。J的母親喃喃唸著：「這是她自己的選擇，她要和那個男的在一起，我們也沒辦法，勸也勸不聽，擋也擋不了……」她的手正摺疊著冥紙，速度緩慢，每摺疊完一張就將它嵌進那一落在風中有點搖晃的蓮花座。

十月的H城，風經常無主地吹著，我彷彿看到J穿著一襲淡粉色的舞裙，在蔥綠的山間，隨著浪濤般的山風蹁躚起舞，山風如耳語，J以巴哈無伴奏低音大提琴的迴旋舞姿翩翩降落於劇場的階梯間，J的舞姿似雪般輕盈。不多時，微風輕颺，漫山遍野的粉紅花瓣如輕巧的小紙傘與風追逐打轉。

J的母親燒起了紙錢，風揚起了紙灰，四處飛散。

六

Beyond the Sundial，越過了時間之河，參與了J二十分之三的人生，高中三年應有些許雪泥鴻爪的印記只屬於我和她吧！但是，這些浮光掠影的片斷似乎也被劇場的黑幕沉沉吸附住了。

J，虛虛實實的舞臺如此迷人，令妳嚮往！在週記裡，妳曾多次表達對舞蹈的熱愛：「……謝幕時聽到臺下觀眾的掌聲與尖叫，內心湧現無數悸動！眼淚不斷流下，和同學一起完成了畢業舞展的兩場演出，雖然身心俱疲、汗水淋漓，但我們都做到了盡情享受舞臺。」，「……創作展是畢業前在學校劇場的最後演出，我自己也編了一首現代芭蕾，選擇以劇場前的美人樹花為主題，想讓舞者們變成輕盈柔美的粉紅精靈……」

十六、七歲的年紀下定決心走跳舞這條路，並不是一個容易的抉擇，我曾多次以妳為標竿，為那些還在這條路上徘徊躊躇的同學，擎起照亮夜色的火把。J，妳比同年齡的同學先行太多，當她們還在抱怨、謾罵、嫉妒、怠惰，被負面情緒之海吞噬時，妳的每一個舞步卻已舉重若輕，帶有空靈的氣息，表情眼神的情感傳遞，彷彿都來自對舞作的徹底了悟。妳超越了同儕，也超越了自己，妳更可能已經超越自己情感的負荷而未曾察覺，在感性的情感界域與理性的家人現實衝撞的天秤上失衡，就這樣妳以一種極輕極美煙霧繚繞的方式演出生命的最終章。

七

J，應該這麼說，這個劇場空間，這些彩排的時間，似乎把妳召喚回來了，只是妳以不同的形式參與。有時妳坐在第三排觀眾席看學妹演出，有時妳以隱形的方式跳著每支舞，口中還哼著音樂數著拍子，而有時妳只是輕輕搭著某個學妹的肩腰，隨著或快或慢的節奏各種形式的曲風舞動著，再次溫習妳在這劇場三年的時光。只是我平凡的肉眼無法覺察，畢竟另一個時空象限的存在，一直只活在我們的想像經驗裡。

彩排持續進行著。

J，妳也是這樣彩排死亡的嗎？從採買木炭、火種、噴槍、膠帶、安眠藥開始，一次次彩排，終於有一天，正式演出成功。

本文原刊於《中華日報》副刊二〇一八年四月十日

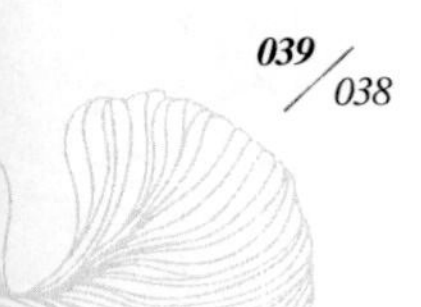

時空膠囊——為舞蹈班畢典而寫

畢業典禮前夕，全臺暴雨，每個城市瞬間降雨量全都破表，雨刷以最快速率撥開雨滴，所有視線都被雨困住，灰濛慘淡的街景與行人在眼前仍然行進著。

雨持續地下，我塞在車陣中，心想該怎麼和妳們美麗的青春道別？

雨幕漸漸形成一張白色的網，在雨刷掃過的一兩秒清晰的瞬間，我似乎瞥見穿著純白絲繡舞衣的妳們，在大雨滂沱中，奮力地以輕盈的舞姿，踮起腳尖，演繹被清風吹颺起的蒲公英，那是畢業舞展的壓軸舞碼。妳們的髮鬢全都高高盤起，鬢旁綴以珍珠玉鈿髮飾，白皙頸項彎成優美的弧度，纖細雙手不停轉動著以白色絲綢為傘面的竹傘。優雅的蒲公英啊，在雨中旋起即落。

妳們的照片影片存在手機裡，這些有形的記憶憑證，光鮮亮麗，鏡頭前的妳們露出編貝般完美的笑容。然而海馬迴中更多的是隱而無聲的畫面，那些在舞蹈教室、劇場、演藝廳的地板廊柱角落，都潛藏著這三年來幽咽凝滯的動作停格。

為了一張椅子，H和Y在第一支舞碼結束後，一進休息室，H就大聲怒斥Y站的椅子位置不對，讓她差點摔倒。那支舞名叫「眾聲喧嘩」，是全班正式演出的第一支舞，家長朋友同學都到齊了，整個劇場充滿興奮的期待，更多的是緊繃的情緒。眾聲喧嘩，大家都想做唯一的高音，較勁演出，於是凝聚默契要一起對話呼吸的二十個人，卻演變成——各說各話。

精彩絕倫的是妳們身上如影隨形的傷：瘀青破皮韌帶發炎，都已是日常生活的柴米油鹽。脫下芭蕾硬鞋的雙腳，腳指頭擠壓在硬梆梆的硬鞋裡早已變形，還需違反人體工學努力踮起全身重量：踢腿、大跳、旋轉畫圈，看似純淨無暇的唯美演出，其實是表象與真實存在著巨大落差的殘酷訓練。更猛烈的是術科老師嚴厲無情的謾罵，句句都如利刃劈下，深可見骨，眼淚不能掉，那一片片被削下的自尊，還得靠自己拾回填補縫合。

風風火火的三年，每個人都曾爭著想成為聚光燈底下的主角，嫉妒、不甘等種種複雜的情緒如梅杜莎頭上的蛇妖吐著攻擊的舌信，狠毒的話語經常從妳們優美的朱脣吐出。但是舞臺永遠那麼大也那麼小，它不會專屬一個人，所以妳們後來也學會了分享掌聲，在驕傲與謙卑中平衡自己，在一支支舞碼編排時，懂得安頓自己的怨懟與疲憊，也欣賞別人的光彩與付出。

我決定把妳們每個定格的動作、凝睇的眼神、延伸的手指，這些大量情感指涉的舞姿，這些超越自己或被別人超越的軌跡，這些時間堆疊的重量，都裝進時空膠囊。相約十年後的畢典今天在舞辦櫻花樹下一起打開，無論當天是清風徐來或者大雨滂沱，二十朵蒲公英的獨特時空旅程，都將無比動人。

本文原刊於《中華日報》副刊二〇二〇年七月七日

破碎的臉

任教的導師班是僅有十多個女生的舞蹈班，每每在舞蹈教室外看她們跳舞的身影，常常驚豔不已！她們宛若精靈，又彷彿是伸長頸項的天鵝，在清清淺淺的水澤，跳著跳著，跳出屬於自己的天空。

其中有個學生最令我心疼，原本白皙潤澤的臉上，卻有幾道縫合不自然的手術疤痕，乍看之下，總覺得應該平整的臉，卻在眉、眼、脣間隆起了多餘的贅肉。在這樣青春綻放、愛美的年紀，又以一個登上舞臺舞者自許的女孩，不在乎自己的外貌，真的很難。有一次學校安全檢查，在她書包中滑落車禍前的一張照片，照片上的女孩洋溢著甜美的笑容，白嫩的臉龐有著無限的光采，剎那間真的無法與她現在的樣子聯想在一起，心中泛著莫名的痛楚，蒼天何其殘忍，毀了如花似玉的青春面容，讓女孩只能以照片憑弔過往。

在往後幾次的家長聯繫中，總於了解整件事情的原委，原來是剛考上駕照的母親，興致勃勃地載著女兒出遊，卻不慎撞上安全島，前面擋風玻璃碎片刺上女孩的臉……。常常女孩的母親不論與我聊到什麼話題，最後一定是小心翼翼地問說：「老師，我的孩子還算清秀嗎？」「老師，那些疤痕已經不太明顯了吧？」或者，在對談的同時，忍不住自責與嚶嚶啜泣，甚至寧可以自己的臉取代女孩傷殘的面容。在母親傷心的告白中，我心中的酸楚更深了，女孩連一個可以怨懟的對象都沒有，因為誰願意責怪一輩子活在自責中的母親。

我不知道女孩如何自傷痛的記憶中走出，我只用一顆平常心去對待所有的孩子，我寧願這樣相信著，老天給的挫折或許是開啟了另一面試煉的空間。常見四肢修長的她，挽著包包頭，露出優美的頸項，在鏡子前俐落地旋轉、跳躍、展現身體無窮的變化，總讓人被她的舞姿吸引住了……。女孩週記上寫著：真愛盡力舞動身軀後汗水淋漓的感覺，忘了時空，也忘了自憐面容的創傷，也忘了要去懷恨誰，只想要以身體舞姿展現內心瞬息萬變的喜樂與哀傷……。

本文原刊於《聯合報》繽紛版一九九六年九月十五日

高三女生的窗外

冷凝的十二月，寒流一個接一個，冷氣團似乎可以凝結成雪。我想像天空飄起六角形白色的雪花，雪無聲無息地將整個已成死灰色的校園覆蓋掩埋。然而並沒有雪精靈，周遭溫度持續下降，學測的氛圍將我層層深鎖桎梏，我已沒有退路，黑板上斗大的倒數日期，一天天將我蠶食鯨吞，我和苦難的同學們，瑟縮著、哆嗦著，制服外套加圍巾、手套再保暖也抵擋不了十度以下的霸王寒流，口袋裡的暖暖包很快就失溫了，變成僵硬冰冷的乾屍。

準備大考的那一陣子，從裡到外都是灰濛濛的顏色，校園外牆施工，偌大的中庭廣場完全被灰色的帆布遮蔽，我們是幽囚在其中的人犯，處決的日子就在一個月後，殘酷而現實。每個老師在剎時間都成為訓練有素的執行官，他們的名言佳句、手勢眼神動作，流洩在我耳邊都變成一聲聲槍響。我時常處在一個狀態：就是我的身體看著我的思緒飛起，愈升愈高，漸漸飄向罕無人煙的邊疆場，靜極了，人來人往的動作逐漸停格成一部默片，彷彿剩下影子的自己，被遺留在宇宙的邊境，什麼地方也不能去，什麼地方也不能回，在世界的盡頭，我將終息。

我一度懷疑自己是否生病了，得了人們始終諱莫如深的憂鬱症？眼下我只深切知道，這個用灰色帆布圈起的藩籬，每天都必須待滿八小時，甚至更久，因為同學們都留校夜讀了，我也將我的軀殼留校夜讀，但我的靈魂仍在外面穿梭遊盪，不想被釘死在書桌前，如標本箱中展翅被釘死的華美蝴蝶，我才十八歲，怎麼感覺已走到生命的荒原？如果有美麗羽翼的蝴蝶在被捉住放進毒氣箱時，應該也會奮力鼓動翅膀直到筋疲力竭吧！但學測只剩三十多天，我還需要掙扎嗎？

在之前窗外沒有灰色帆布包圍時，上課時我總是將頭轉向窗外，中庭兩排的小葉榆樹，早春來時會有無數嫩綠的小手隨著風跳起華爾滋「一二三，一二三」，我心裡跟著風數拍子。最神祕的莫過於靠教室走廊最近的那棵九重櫻，從換到高三教室以來，它就是一味地綠，不管時間如何遞嬗轉變，也不見它掉葉，好像有用不盡的蓬勃能量，一直在它體內蓄勢待發，我一直等一直等，春寒料峭時，爔爔如火焰般的櫻花會開吧？但是還沒等到，我的高三、我的視線全部都被灰色佔滿，走廊上樹與花的光影褪盡，空氣中開始充滿刺鼻的油漆味、走廊上處處都是水泥石灰屑。色彩斑斕的世界頓時隱身在灰幕後面，我分不清楚是那些樹囚在圍籬內，還是我被囚在圍籬內？帆布外有告示寫著：「施工中，危險勿近！擅入工地者，以校規論處。」

無論如何，我的視線依然向著窗外，等待，等待著，或許天地間有某種神諭，讓我這涸轍之鮒，也能游進一泓清泉吧！某天，紫紅色的九重櫻在冷冽的春寒中，悄悄將綠葉落盡、開滿花的一支枝椏穿過帆布與帆布的縫隙，向教室的我招手，我灰撲撲的眼簡直不敢相信，這些日子以來唯一的顏色，就這樣瞬時溶化我層層積雪的心……。

本文原刊於《自由時報》花編副刊二〇一六年一月九日

天使

從夢中醒來，夢境未遠：一大片青青草原，遼敻的湛藍天空，春天的各色杜鵑姹紫嫣紅，聞不到花香，背對著微熹的金色晨光，一群穿著花襯衫的小男孩、花洋裝的小女孩在草地上蹦跳奔跑，嬉笑聲在空氣中震盪搖晃，上達天聽，響遏雲霄。他們彷彿是《聖經》中神所創造的天使，是能量靈體，不屬於人間凡俗，根據聖經，他們不需要任何物質生活的需求，但是可以吃牛奶和麵包。

他們真的是天使嗎？但為何在陽光朗照下，看不到祂們漂亮的純白羽翼以及頭頂的光圈？是陽光散射太強的關係嗎？還是祂們還沒有長大呢？

我認識好多天使呀，就在住家附近的小公園，約莫每天下午四時許，他們來自四面八方，一下了車就狂吼鬼叫奔竄到盪秋千的位置，坐得歪歪扭扭的就開始腳蹬得老高盪起秋千，用力使勁將身體甩成一波一波的海浪，笑語盈盈。他們單純，想哭就哭得呼天搶地、撕肝裂肺，想笑就笑得咧嘴露齒、前仰後翻，彼此不熟的天使也很快地玩在一起，打打鬧鬧，追趕跑跳蹦，完全沒有固定的動線，連GPS都很難將他們追蹤定位。

《路加福音》第二十章第三十六節：「天使依神的形象被造，祂們馴服良善，為神工作，是神的僕人。」

天使的翅膀一定是純白的嗎？還是像松樹的毬果呢？小時侯蒐集好多毬果，有天赫然發現在毬果木質化的鱗片內側藏著隱形的羽翅。教科書上說：毬果是裸子植物的生殖器官，是種子的保護構造，種子著生在雌毬果鱗片內面。我仔細端詳毬果的羽翅，接近蟬翼的薄膜構造與色澤，淺淺的咖啡色上面有葉脈的網狀紋理，風一吹就可以輕鬆飛颺，類似蒲公英的白色冠毛種子，乘著風的方向，隨時可以啟程，也隨時可以停泊，所以天使是自由的。

《希伯來書》第二章第十六節：「神要救贖之對象是人類，不是天使。」

可是天使長大後，不哭也不笑了，不跑也不跳了，每天把自己埋在書堆裡滑手機，也不去小公園盪秋千了，只是背著書包默默安靜地走過，偶爾停下來呆望著被風吹起微微輕晃的秋千，感覺他應該迫切需要得到神的救贖！

公園裡，一個鬼影也沒了。連最愛到公園運動兼聊八卦的老人家們也不見了。天使背著重重的書包，繞過公園，走去補習班，他覺得公園是唯一讓祂可以吸到空氣的地方，公園芬多精的成份和天庭差不多，家裡爸媽太焦慮、補習班和學校都太擁擠，翅膀都沒辦法展開，春雨綿綿，讓隱形的羽翅都飛不起來了，更糟的是開始長出灰黑的黴斑。

《路加福音》第二十章第三十六節：「天使墮落將被毀滅。但是天使只有靈體，所以天使不會死。」

天使不會死，那他勢必得經歷凡俗的折磨，就像哪吒「削肉還母、剔骨還父」般悲壯！我認識的小儒、小均、小安……等，就是來凡間試煉一番的天使。

初識小儒，直覺水聰靈秀一個女孩兒，習慣用口罩遮住了大半張臉，只露出一雙慧黠的大眼，骨碌骨碌地轉，小儒不肯開口和我說話，護衛她的媽媽急得邊罵邊勸，但小儒一丁點也不為所動，我坐在旁邊，看著她背對著陽光的羽翅逐漸銷鎔，像蠟遇火一般溶化。

「老師，小儒小時侯真的好可愛喲！臉頰、手啊、腳啊都肉肉圓嘟嘟的。現在都不好好吃飯，瘦成紙片人了。從國小到國中成績都在前三名，會考不小心多錯一題數學，掉到第二志願。我和爸爸都沒有多說什麼，她關在房間哭了兩、三天，之後就不跟我們說話了。老師，怎麼辦？我們家小儒還有救嗎？」

《馬太福音》第二十四章第三十六節：「天使有智慧、大能，具備超乎人類的智慧、能力，不受物質限制，有權柄得勝惡者，捆綁撒旦，拯救人類。」

小儒文筆極佳，是個有想法的天使，在作文、週記上多次表達對生命的叩問，對人生的質疑，對身而為人子女不自由受管束的無奈、對被迫要上學的憤慨，對爸媽失和常吵架的不諒解。

小儒經常認為自己來到世上是錯誤的，爸媽生下她是多餘的，他們只要有乖巧又考上第一志願的姐姐，和活潑好動的弟弟就好了！她對自己的存在充滿諸多的質疑，尤其在爸媽離異，爸爸帶著弟弟搬走後，在父親背對著她重重掩上大門的剎那，小儒感覺自己身體的某部分也被抽離，變得透明、空盪盪的，她蜷縮在房間角落，用美工刀割著手腕，試圖透過痛楚感覺自己的存在，她原先以為自己會害怕看到血，但是她比自己想像的還勇敢，看著血滴下來，她反而笑了，因為她還會感覺到痛……。

《猶大書》第九節：「天使有組織，所以聖經以隊、營、天使長等編制名稱，來形容天使的組織。上帝創造了天使，但是部分天使由於驕傲，有三分之一的天使墮落，和上帝為敵，在世界誘惑人類，成為了人們口中的魔鬼。其中領導的墮落天使叫做撒旦。」

小儒從此成為父母師長口中的撒旦，從原先侍立神前服侍神，敬拜頌讚神，奉命攻擊惡人，保護聖徒的天使，變成人人喊打撻伐的對象，小儒從此噤語了。

我陪小儒從教室走到輔導室，一路靜默。

主任從辦公桌前站起身，輔導室佈置得十分溫馨，兩扇窗戶上裝飾有米色蕾絲窗簾，左邊牆壁是一大排的書櫃，裡頭都是心理輔導叢書，右邊的軟木塞布告欄張貼著許多勵志的標語，底下還有一棵幸福樹，上面綴滿許多祝福的小卡片。「孩子最近家裡是不是有什麼重大變化？或是她最近有沒有受到比較大的刺激？」輔導主任講話的語氣十分平靜，但仍有詰問的意味。小儒天使，從此成為輔導室列管的對象，暫時無法侍立神前。

小儒讓我想到多年前的天使小均，那個喜歡跑到六樓吹風、晾乾翅膀的天使，那個已出版一本詩集的天使，經常竄逃出教室的小均，常在週記表達想結束生命的念頭，覺得此生已無可戀棧。小均的父母只有這麼一個寶貝，把她捧在手掌心上小心翼翼地呵護，深怕有任何閃失。有一次，小均又逸逃出教室，同學知悉後趕緊回報協尋，偌大的校園，我們分散成幾路人馬，手機保持聯繫，我和H同學往行政大樓六樓陽臺找人，當我和H用力推開樓梯口的安全門時，小均兩隻腳已往外跨，在欄杆外輕晃。六樓風大，將小均及肩的長髮吹得張狂飛散翻捲，幾乎遮住了她清秀的臉龐，我看到她原本隱形的羽翅，因為漲滿了風，所以逐漸往兩臂伸展，翅膀的線條愈來愈清晰，我揉了揉眼睛，那是天使的羽翼，幾近透明，但只要起風了，祂就可以逆風振翅飛翔。

有一天夜裡，外面下著雨，舍監打手機給我說：晚點名時找不到小均，我開車前往校園宿舍，車行在雨中，滂沱的雨勢將我緊緊裹住，車在雨裡持續前行，將近子時，四周籠罩著浠瀝浠瀝的雨聲，還有氤氳著水氣的街燈招牌霓虹，斜落的雨滴不斷被雨刷掃過，雨刷每刷過一回都把前車窗刮出骨溜骨溜的聲音，也在我心頭刮出無限的水痕。

在雨裡，小均的翅膀應該都溼透了，變得沉重。但是天使有幻化的能力，我想像青春正盛的小均和夥伴們都褪去了羽翼，從背脊中間長出筆挺如刀的魚鰭，祂們跟著深海的魚群魚貫地闖進闃黑的珊瑚礁叢，面對前方未知的凶險拚命想找到亮光出口，在棘礪滿佈的水道中匍匐泅泳，每個人都想贏過別人，奔馳超越別人，以零點零一分的些微差距，領先進化成另一種生物，於是原本快樂的天使屢屢成群結隊地投入更激烈使人遍體鱗傷的考試拚搏。

小均的媽媽說：她早已不要求小均成績功課，只要小均身心健康平安，考上哪個大學爸媽並不在乎，不需要為了成績不開心煩惱。小均青澀臉龐竄出一顆顆痘子，每一顆都記載一段晦暗心事。

她週記上寫著：「學測的機會只有一次。無論如何，都得拚。」文字透露著無奈，但也有她一向慣有的堅定。想起前些日子，小均也曾憂心地問過我：「如果沒有考取理想學校，爸爸和媽媽應該會失望吧？他們只有我這麼一個小孩，好幾個堂哥、表姊都考上了臺大、政大……」

在天庭上的天使啊！怎麼會懂得人間血流成河的考試殺戮？每個考生都穿戴著重盾盔甲，執戟上陣，只等戰鼓一響，過河卒子義無反顧全都殺到楚河漢界去，那是血淋淋的戰場啊，只不過是以削尖的筆代替鋒利的劍。父母和師長只能在煙焇烽火外站著等候。

《聖經．詩篇》第一〇四章第四節：「以風為使者，以火焰為僕役。耶和華用『風』和『火』造出了天使。」

《啟示錄》第十二章第七一九節：「天使奉神差遣，傳達神的命令、訊息。保護聖徒、幫助義人、奉命攻擊惡人。」

所以天使們應該都擁有風裡來、火裡去的超能力。祂們身上有比考試、讀書更重要的使命，但是祂們降生在凡間，就勢必得經過種種試煉，小儒、小均、還有已在上帝身邊的小安，祂們都是彳亍恓惶遊走人間的天使，我曾經在小公園、校園與祂們相遇，銀鈴似的笑聲深深地鐫刻在我海馬迴的記憶音軌，而盪著秋千盪得老高的雙腳，幾乎讓我捉摸不到。就像那天下著雨的夜裡，在闃闇的校園尋找小均，最後在E棟教學大樓地下室女廁，發現蜷縮在血泊中的小均，純白羽翼沾滿了血漬，我抱著祂，祂意外地輕盈，彷彿已逐漸昇華汽化，不再屬於人間。

桂冠背後

蟬聯三年全運會馬拉松之后——范玉貞是我的學生。

從高一到高三，每每望見她一丁點的個兒（她的外號是小不點）在操場來來回回地繞，一圈又一圈地跑，日復一日，不管烈日酷暑，或者窮冬嚴寒，那規律的節奏與步伐，總是襯著遠邊的天空，迤邐成校園裡不可或缺的風景。

每年十月全運會總有各路好漢來自四面八方，在一年一度的盛會中展現力與美，這些好手肩上擔負的不僅是得牌的壓力，更要面臨自我突破的挑戰。每次玉貞的捷報傳來，學校總是透過廣播大聲地宣揚與喝采，更可見到紅色偌大的海報上寫著：狂賀！范玉貞全運會馬拉松冠軍！

事實上，在喜悅背後我的感觸總是特別深，尤其想到玉貞要獨自奮戰四十二公里，一步一步地跑向終點，在數小時的過程中咬緊牙關，沿途沒有掌聲更沒有任何

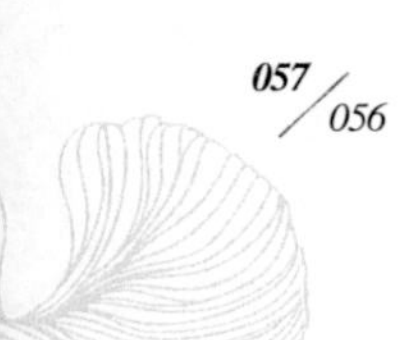

話語的慰藉，只有心跳與喘息，這其中非有超人的耐力及天賦是無以為繼的。清晨四五點，別的小孩可能還窩在暖烘烘的背窩中，而她已經連同其他田徑生從竹北跑到關西，沿著公路訓練體力；賽前訓練課表加重，操場五十圈是小意思，更要移地訓練，前往山區，在教練的安排下住在新竹深山玉峰國小教室，在那還得時常忍受夏夜竄出的蛇虺，以及漫漫無盡的蜿蜒山路。

在漫長的訓練煎熬中，她的執著精神總令我動容。尤其高二那年的全運會賽前，她面臨前所未有的壓力，來自文化大學的好手以及素具長跑天賦的蘇子寧，都再再威脅她是否能蟬聯金牌，而事實證明，她以無比堅強的信心、毅力摘下了后冠。我永遠記得從玉峰國小電話那頭她跟我說著訓練的一切，包括成為一個選手的苦與樂，喜與憂，彼時山區蟲鳴唧唧，似乎也傳到耳畔。

桂冠的榮耀，總隱藏汗水與辛勞。玉貞即使訓練緊迫，對學科亦兢兢業業，有一次令我驚訝的是，前天她才出去比賽，隔天課文默寫居然滿分，從不以比賽為藉口逃避考試。面對即將到來的升學考試，我想玉貞是無憂無懼的，因為她將一秉那恆定動人的節奏與步伐，向旭陽初昇處，堅毅跑去。

你方唱罷我登場——記高二戲劇觀摩賽

有別於教室的靜態教學，一場高二學生戲劇觀摩賽悄悄醞釀，我們國文科幾個老師開始交頭接耳，謀算著「演員」、「劇本」、「劇場」的可能雛型。

去年高一時已經有三個班級參與，分別將「長干行」、「琵琶行」加以改寫，或爆笑、或搞怪、或超現實，總之，舞臺上學生們所釋放的能量，以及徹底顛覆原著的功力，讓人擊節再三，這何嘗不是一場創意教學呢？同時，針對現代Z世代的孩子而言，有一個空間去展現自我、解放僵化的肢體，讓短暫的戲劇活動更顯彌足珍貴。然而，先前高一這場活動屬於幾個班級的聯誼性質，在事前場地的借用調度上、及事後的講評頒獎上，因為預備不足，出現凌亂失序的場面，這些經驗也為這一次高二的戲劇活動埋下伏筆。

其實，戲劇的種子無所不在，各校的話劇社均有青少年戲劇種子老師的指導，

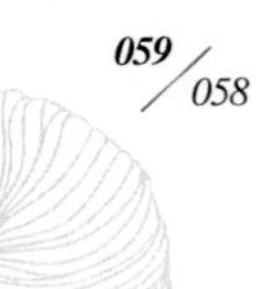

甚至更多學校以區域為單位展開話劇聯展，文建會更委託民間劇團（如紙風車劇團）培育更多的戲劇種子教師，希望能拓展青少年多元的休閒領域，而不要讓青春飛揚的青少年，只懂得在網咖、撞球場、飆車場、甚至在夜間pub揮霍生命的汁液。年少的創意正是構築自我未來藍圖的最佳動力，戲劇表演的多面向元素，諸如：劇本、導演、肢體表情、發聲控制、服裝、音樂、舞蹈、道具、背景控幕、燈光、化妝造型……，每一項都可單獨深入成為戲劇學的一環，所以舞臺表演迷人的魅力也正來自於此，好像永遠有一扇未打開的窗，值得探索。

這次高二戲劇活動以文組為主，各班自由參加，畢竟強制規定要參加就容易變成負擔，而且少了主動參與的樂趣。在決定日期時，立即碰上不少困難，因為高二本身星期三下午的六、七節已經被班會、社團活動、週會演講、校內馬拉松所佔滿，最後敲定在第十週星期三中午十二點半到下午二點（下午一點到二點為參加班級的空白課）。場地原先規劃為禮堂中的小劇場，但容納的人數有限，之後考慮用禮堂，然擴音設備不足，最後決定在行政大樓的大廳。雖然這是一個十分克難的場地，然考慮學生在戲劇活動後又緊接著要集合聽輔導室的演講，最終還是敲定使用大廳。

綜觀此次活動，各班學生莫不各騁其能，彼此較勁，聽部分同學說：有些班級甚至犧牲六、日假期排練，趕製海報，在沒有任何威脅利誘的前題下，同學的一片赤誠投入，令人欣喜雀躍。

最難的應該是劇本吧！有些班級的劇本是從無到有，幾個同學自成幕僚小組腦力激盪，如愛情新喜劇（二〇九班）、蕃薯兄阿花妹（二一〇班）、情人眼裡出西施（二一一班）、Psychotics（二一四班），當然也有從周星馳電影中得到靈感的：如食神PLUS（二一三班）、少年足球改編版（二一二班）。無論取材如何，我們幾個評審都發現同學大概是「古惑仔」電影看太多了，動不動就出現彼此打鬥的場面，實在令人擔憂。同學們在嘗試編劇本時，往往以「好笑」為第一原則，如果未來還有機會的話，其實更可以用圍繞在青少年身上的諸多問題：如親子衝突、同儕關係、感情問題、升學壓力、社會群象……，總之可以取用的素材可說是隨處均可摭拾，真正的幽默未必是肢體或言語上的搞笑，可能是一個表情、一句臺詞、一個眼神的傳神演出，當然，對許多初試聲啼的同學們而言，能夠在大庭廣眾面前，放開自己、大膽大聲地演出，已屬難能可貴，應該為他們的表現喝采。

再來是就肢體表現上，常言道：「演戲的人是瘋子，看戲的人是傻子。」這句話道出好演員入戲時的投入忘我，我們也在這次觀摩賽中發現很有演戲天份的同學，演來不慍不火，自然生動。另外是同學的表現手法，有些用戲中戲的方式、有的用時空交錯穿插的方式、有的用出人意表的結尾，均可圈可點。特別值得一提的是同學道具的運用與海報製作，如二〇九班用推車表演「隨風而逝」一段，令人難忘，另外二一二班的仙人掌也讓人耳目一新，二一〇班大幅海報製作精美，足見用心……。

這次整個表演都用DV錄影下來，一方面是為活動留下紀念，一方面也是為將來有心投考戲劇系的同學預作書審資料。當然整場活動下來，仍有不少瑕疵，如場地的克難、活動時間的倉促、缺少排練走位的時間、麥克風的調度使用、獎項獎品獎狀未能在賽前詳細擬列、得獎名單未能詳細討論，都有待改進。然而老師們都欣見竹北的同學創意十足、熱情有勁的表現。

現在一〇八課綱強調培養學生解決問題的能力，也廣開探究與實作課程，期盼課程能與學生未來科系結合。我想戲劇演出正提供一個很好的平臺，從課程中發想，進而資料蒐集、討論、編撰，一步步形塑屬於該班級風格的劇本，過程中不僅需要腦力激盪，也需要學生去剖析成功的劇本有哪些要素，更須提出許多具體可行的解決方案。「戲劇比賽」已不僅是班級間的競逐，更是對一〇八素養教學課綱的實踐！

卷二

頌歌集

身體裡的血脈支流　汩汩湧動
高聲歡唱著向大海流去
途中的暗礁漩渦
咽噎吞吐成喑啞的休止符

生命的私語

在很多時刻，就如現在我正坐在小公園的鳳凰木底下，目光一直聚焦於穿梭於溜滑梯迷陣間的擎兒身上，他三歲五個月，清醒時永遠沒有定點，就像許多兒童行為研究專家所畫的行徑圖一樣，他的動線像一團雜亂的毛線，我得如追蹤雷達上的不明物體般專注，否則這樣的一個小點很快就脫離視線之外。

他一直是我們家的唯一的寶貝，擁有最多的關注與愛護，每每看到他滿坑滿谷的玩具，我們都認為他是世界上最幸福的小孩。一直到有一次我從幼兒園載他回家，他用童稚的嗓音問我：「媽咪，為什麼妳只生我一個？同學的媽媽都生兩個或三個……」，在那樣的一瞬間，我隨便搪塞一個理由：「媽咪身體不好，而且生你一個可以專心愛你，所有的愛都可以給你一個人……」，我從照後鏡瞧他嘟啵著小嘴，顯然不太滿意這樣的答案。

這個問題並沒有結束，擎兒的許多寂寞都從這個點開始，在他與玩偶的虛擬對話中，你讀出他有強烈的同儕渴望。在孩童的城堡裡，父母陪他騎馬打仗、玩水槍、拼圖、角色扮演、說故事……，他只是暫時活在大人所建構的想像世界裡，還有大人降低年齡與身高享受親子同樂的氛圍中。小孩渴望真實同伴的那株幼苗，就像傑克的魔豆一樣，抽枝發芽長葉的速度，讓你瞠目結舌，各種問題不斷出籠：「媽咪，你生一個哥哥給我？像倫倫哥哥一樣就可以了。（倫倫是隔壁鄰居的小孩）」或者：「媽咪，你和爸爸去買一個哥哥或姊姊給我！」他以為哥哥或姊姊可以像玩具一樣用買的。

更多時候，在小公園或者去訪友，擎兒就是要巴著別人家小孩（尤其是哥哥或姊姊），緊緊黏在身後，一旦別的小孩離開，大哭大鬧通常是最後的結局，他望著小朋友離開的身影，恨不得自己也跟著走。通常小公園一大群小朋友，很能激起他的玩興，他可以發揮他身上所有的能量，讓汗水透濕衣褲，追逐他所選中的一、兩個大哥哥，然而天色漸暗，所有小朋友終需被召喚回家，擎兒眼中只剩孤零擺盪的鞦韆，他不解熱絡的公園，為什麼突然連個鬼影都沒有，蟬依舊聲噪掀天，我牽著他的小手，一長一短的身影，仍是一幅寂寥的圖騰。

其實摯兒應該是有一個哥哥或姊姊的，在剛結婚之初，我與外子都忙於工作，並未察覺身體微妙的變化，經常熬夜加班，感冒時隨便到藥房買個成藥，並不是很在意，而且也沒有心理準備迎接一個新生命，兩個年輕人總想給孩子創造一個優渥的環境，我們的心壓根還沒有想到生兒育女之事，然而一個生命悄悄地來報到，還記得知道懷孕的那一刻，心中充滿了憂愁與恐懼，在那些準媽媽們喜悅的表情對照下，可以大聲向全世界宣告「我要當媽媽了」的驕傲氛圍裡，我卻看到一幅幅畸型兒的圖像滑過眼前，多麼懼怕肚中的胎兒受到那些成藥的荼毒，扭曲了原本端正的五官，醫生也不敢作任何承諾，於是，我的第一個孩子，等於被自己的母親宣判「死刑」，我動了墮胎手術。

當時躺在寒氣逼人的手術檯上，我只希望這個生命的插曲，上帝導演的黑色喜劇能趕快結束，然而麻醉藥打下去，我開始經歷一場悠晃的夢境，夢見熟悉的小鎮上一家非常老舊的婦產科，招牌上的鍍金早已被氧化剝蝕，露出深褐色的鏽澤，國中的我剛補習完經過那，往裡面張望一片闃黑，窗櫺上的陽光趁隙灑在幾個玻璃器皿上，樣子像是實驗室作標本的玻璃罐，福馬林中載沈載浮著嬰兒胚胎，就這麼驚鴻一瞥，陽光倏地隱退，那些尚未發育完全的胚胎像是變形的海馬，以匍匐的姿勢泅泳著。在那裡有數個，不，可能是數百個無法超脫的靈魂被冷冷地禁錮，我倒抽了一口氣，直打哆嗦，然而那股魑魅陰森，讓這家老舊的婦產科變成一幢鬼屋，往後夜裡，那些殘缺不全的面孔與肢體，常向我哀求討一片溫暖，之後，我始終視其為禁地、記憶的夢魘……。

憶及當年對生命的輕擲，早夭的七週嬰靈，不知歸向何方？往事愈沈澱愈清晰，那痛苦灼燒的汁液澆灌塑坯成十字架，在某一段時間裡，夜夜帶著地獄的烈火而來，想那哪吒托身於蓮花，化凡骨為仙胎，而那無主的靈，卻永不得超脫。年輕時，並不會在乎這麼多，然而摯兒的寂寞卻屢屢讓我想起這一段過去，傷口早已結痂，裡頭卻還裹著層層的鹽。

我靜靜地思索關於生命中的曾經，還有獨佔與分享的課題。一葉鳳凰花瓣從樹稍翩翩飛落，火紅的身影像極了墜樓的舞者，它驚起如塵的思緒，時空輪轉到記憶的童年……。

母親幾乎年年忙於生兒育女，隆起的肚皮好像從來不曾夷為平地，年幼的我撫觸母親肚子堅硬的弧線，常常一陣顫抖悸動，分不清對這尚未謀面弟妹，是一種嫉妒或是盼望，尤其弟妹們還在襁褓時，母親露出豐滿的乳房，滂沛濃稠潔白的乳汁彷若誘人的甜蜜，我怯怯的躲在門後，多希望自己退化成羽翼未豐的雛稚，擁有母親全然的呵護。我一直無法獨佔母親或父親，在很多時候我必須早熟成為一個母親，只因我是大姊。

多年以來，自己一直是躲在門後的小孩，看母親由一尊少婦雕像到佝僂圖騰，漸漸地對母親的一切沒有觸覺的熟悉、沒有溫度的擁抱、沒有體味，甚至作夢也搆不到母親身上一丁點溫度的膚觸。夢裡，那個小小的自己伸長雙臂，母親的圖像卻飄虛浮動，小孩像在急湍中撿拾掉落的心愛玩具一樣，心急卻一點辦法也沒有，水花濺濕衣裳，醒來一身汗水淋漓。

那樣糾葛難纏的潛意識，深深地住進一個小孩的心靈，雖然她的軀殼已經蛻變成一個大人。在夜裡，就如一滴水倏地掉進一口深井，水花濺起眼眶模糊，漾起層層圈圈的漣漪，那樣獨佔的渴求依然清晰，正如電影「入侵腦細胞」（珍妮佛羅培茲主演）中的小男孩固執地不肯走出幻想的迷局，卻又無法回到現實人生。

是的，對母親，永遠有一個缺口，理智上，我全然懂得維持生計之不易，尤其在眾口之家；然在情感上，我一直霸道地希望，我可以得到母親的專寵。這樣的困境，竟讓我解讀「兒女成群」是一種罪惡，印證母親常掛在嘴邊的「攏是生來討債的！」我不禁質疑起人類的性欲即是原罪的背負，而生養子女就是一種救贖，徹底顛覆創世記裡上帝要人們「生養眾多，遍滿地面」的祝福。

之後，我一直抱持著只生一個孩子的念頭，雖然外子以他獨子的身份強烈反對，他認為做人父母不可隨意剝奪孩子擁有手足之情的權利，然而我卻想讓我的孩子獨佔我所有全部的愛。這是一種補償，補償那個還躲在門後吮吸手指、神情落寞的小孩。

是命運對自我的嘲弄？抑是命運順從了生命底層的呼喊？我，這輩子，的確也只能有一個小孩。

後來懷孕，我彷彿就有些神經質，不停地揣想肚裡寶寶的長相，是不是眼睛像爸爸？鼻子像媽媽？是好動的男生，還是乖巧的女生？肚子如山脈突起，我即將經

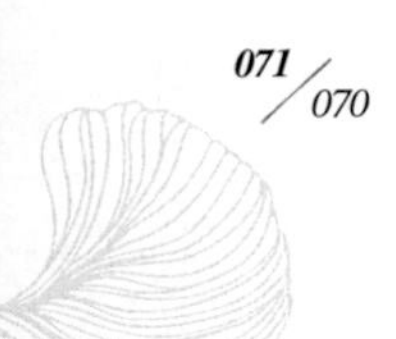

歷與母親當年相同的過程，生命的礦藏沈甸豐實，每日都有抽芽長葉的聲音如定音鼓般襲來，我將外子的手緊緊按著肚皮，一個小小握緊拳頭的小手也來「握手」，在這時，我知道浮游於宇宙的那個孩子也來握手，並且充滿祝福！從左邊游到右邊，從上方到下方，他如此真實的存在著，外子每夜俯首諦聽來自羊水的濤聲，這名小水手像卜派一樣強壯！

四個月的時候照超音波，看不清全貌的螢幕，卻有一枚熾熱的心臟急速鼓動，透過擴音的心跳讓我和外子好像乍聞深海鯨唱，我們創造了他，他也依著我們的形象變成他自己，然而前方的路卻暗潮洶湧。

懷孕六個多月，胎兒正在肚裡來回泅泳踢踏，吮吸著手指頭與腳指頭，深深淺淺的律動正預示著初生的喜悅，我打算把全盤的愛都託付給他，然我卻診斷出罹患腦瘤，神經內科的醫生說：「這是一種發展很緩慢的神經細胞瘤（至於惡性的程度則需等病理切片），可以等孩子八個半月大時剖腹生產，然後再切除腫瘤。」

我一度絕望，害怕又將失去一個孩子，然而我卻聽到另一種呼喊：「擁有兩條生命的母親沒有悲觀的權利。」那樣震耳欲聾的呼喊，彷彿來自另一個時空。

在戰戰兢兢與腦瘤賽跑的同時，我與外子咬緊牙關地等待，到胎兒八個半月時就準備剖腹。

唉！我的確無緣經歷與母親相同的過程。再次進入手術房，卻懷著與數年以前完全異樣的心情，我要這個孩子，我要看到這孩子。手術房的寒氣依然侵入每一個毛孔細胞，四週都是宰割生命的人，我赤裸著被固定在十字架上，這生命的救贖過程，我突然為自己的祖裎感到驕傲。原本期待在產道的炙燙翻騰中體會生的歡欣與苦楚，體會原始母性的磅礴力量，而今這隱密的穴道卻廢而不用，那些生命的主宰者揚起了刀，游刃於經脈、血網緊密交織的血泊中，接引希望。

終於看見那個俯面趴臥仍然沈睡的男嬰，初試聲啼響徹雲霄，我仍在麻醉的效應裡迷走，彷若前方有哭聲……輪廓清晰可辨。

嬰兒室的布幔輕輕開啟，那張我的紅色指紋和他的青色腳印還懸在腳裸上：我伸出了洗淨的雙手，穿上淺綠色的隔離衣，戴上薄薄紙質的隔離帽，循著彼此同頻的心電感應與波長，找到那個最像我的頭和臉，輕輕將他托起靠在我的左心房，讓他重溫子宮的溫暖。我專注地凝視，那淡淡的細眉、如丘陵起伏的鼻樑皺褶、細密如簾的眼睫，一張生命的地圖如此具體而微，我悄悄地向他耳語，呢喃著只有他懂的囈語，我順著他背脊的稜線，以舒緩來回摩挲的方式拍背按摩。我本想露出豐沛的大地甘霖，湊進他本能吸起的小嘴巴，然而服用抗癲癇藥物，卻讓我無法像一個大地之母，未經吮吸的乳頭，早已乾癟如旱地，生命的臍帶讓我想到母親，我驕傲的母親，以豐沛乳汁哺餵成群兒女的母親。我終究無緣經歷與母親相同的人生曲線。無緣。

帶著新生兒與一顆尚未解決的腦瘤回到娘家靜養。鄉間，陽光靜好，微風煦煦，一隻酒紅斑鳩振翅飛掠竹梢，微醺的酡紅為湛藍的天際劃上一筆瞬間即逝的色彩，淺紫色如釉彩的牽牛花在清晨的風中輕顫，閃耀著迷人的笑靨，母親剛從菜園回來，看到我眼淚直掉，擎兒滿月，同時也是我進手術房取出腦瘤的日子，是上天的安排，好叫我永遠記得這生的喜悅與接近死亡的痛苦。

臨行時，將擎兒深深攬在胸口，他彷若一個天使，那麼真實無瑕純潔地降臨，聽他嘹亮的啼哭，看他使勁地蹬著雙腿，不捨的心有千萬個惶恐！轉身瞥見母親靠在門邊偷偷拭淚，而我也彷彿還原成她襁褓中的嬰孩，不斷地嚎啕，為這生命的不可預知與脆弱。在這樣一刻，我得到母親全部的愛與祝福。

生命如此詭譎，如莊周夢蝶，長篇累牘掙扎苦痛的敘述彷彿是一篇未完成的祭詞，文字圖象企圖保溫曾經佇足微笑的死亡，那樣細緻的面容，害怕還未記取即忘卻。而我，如今，仍需面對那曾經邂逅的曾經，每半年的核磁共振（MRI）追蹤都成為生命扉頁裡的倉惶札記。

攬鏡自照時，那個頭髮剃光接受腦瘤手術，現出完整頭形的自己，總是不經意地跑出來，長年披蓋在頭髮底下的頭形如此光鮮亮眼，我以鼻尖抵住鏡子，好像在看一齣默劇，那個我既熟悉又陌生的魅影來回游走。

而今，頭髮逐漸變長，只有手術的縫痕及放射線治療的區域仍固執地荒蕪，連一根雜草也沒有，那樣頑強地記憶那一場光榮戰役。

撫弄身邊熟睡時擎兒的短髮，細緻如線，我知道那是我新生的延續……是上天的安排，他與我有同樣淺褐的髮色。

他現在三歲五個月。他渴望有兄弟姊妹。他曾聽過他出生的故事。他告訴我：「如果媽咪身體好一點，可不可以生個小寶寶？」他想要照顧小寶寶，就像許多同

學一樣，「當哥哥好像也不錯……」他歪著頭遐想。

而我也這樣想著，就像母親，大地之母……。

本文榮獲二〇〇一新竹縣吳濁流文藝獎散文類佳作

印章

書桌抽屜裡擺著幾顆印章。年代、質材、字體、用途各不相同，就這樣靜靜躺在一個長方形格狀的收納籃裡。平日，也不會特別留意，也無需整理，它們就各自挨著彼此，誰也不犯誰，安份地等著主人那天臨幸召喚。

年代最為久遠的是一顆黑色牛角的方形印章，依稀記得那是幼稚童騃時，小學六年級班導請商家來刻印章，也順道用畢業照辦了身分證，說是未來升國中後用到的機會很多。拿到刻好的印章當天，還送一個同色同材質的盒子，裡頭正上方還有一小塊正方形的紅色印泥區，當場就煞有介事地將所有課本作業簿都蓋上了印章，展開版權所有的人生，剎那間覺得自己也是個大人了！

恆常看著大人們老氣橫秋地在重要文件上鈐印上印章，之後這些文件就有無邊的效力！最神奇的是到郵局、銀行領錢這等事，那印章可就非同小可了！祖母不識

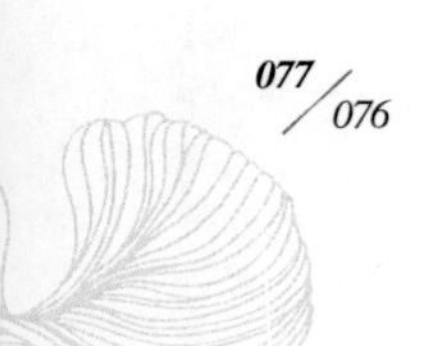

字，喜歡帶著我上郵局臨櫃領錢，看著她小心翼翼地拽著布包，裡頭有郵局的存摺，褲腰暗袋裡有重要的印鑑章，我恭敬謹慎地按照祖母的吩咐填完取款單，再更肅敬地將祖母的印鑑章用力地按捺到印鑑那一欄，方方正正，紅色印泥墨色飽滿勻稱，一絲不苟，然後再交付給窗口，等待叫號。憑章取款，何等慎重！那樣的年代講究的是人與人間的信任與美好，金光黨詐騙斂財是天理不容的大罪愆。

收納盒裡還有一顆高約七公分、長寬各約二點五公分淺褐色大理石藏書印，那是大一班導師親自操刀篆刻，名字之一字還特地用了陰刻，其餘三字用陽刻，印章側邊還用楷書刻了三排字，大抵是說恭賀我當選該年度的優秀學生，故班導刻印以贈。至今，我只要買了新書，一定在書最後內頁蓋上老師所贈的藏書印，並標註日期，這顆藏書印年代雖然久遠，但思及老師帶著深度的老花眼鏡在燈下一刀一刀地鑿著，動作靈活輕巧，我篆體的名字筆劃繁複，稍有不慎極易斷裂，暈黃的燈下石頭粉屑不時揚起，老師對弟子的情誼在一刀一筆間訴說著溫厚。

還有一圓形水晶材質的小兒肚臍章，裡頭嵌著小兒襁褓時留存下的一截乾枯脫落的臍帶，他覺得有些醜陋，所以不願使用，就留予我保管。有時拿出來端詳，感受到那一小截的肚臍彷彿仍有生命力般，它曾在我體內餵哺一個嬰孩，十個月的澆灌孕育，最終瓜熟蒂落，剪斷了母與子的連繫，肚臍章卻框住了一截人間證據——那飽滿，永不枯竭的生命奇蹟。

其餘大抵是無關緊要的木頭閒章，有時應急用的便章，還有幾顆是年少不更事，愛侶親自買石頭刻下中、英文名字於情人節所贈，其中兩顆是請店家用篆體刻下彼此的筆名，之後我就一直用這筆名發表文章，以誌當年的浪漫情懷。

本文原刊於《中華日報》副刊二〇二〇年十一月六日

甘苦

滾燙沸騰的水由上往下澆灌到壺中，白色的霧氣裊娜氤氳，深褐色蜷曲的茶葉在沸水的浸潤下逐漸舒展，慢慢嶄露清新的葉尖、峭稜的葉柄、圓弧的葉緣，彷彿是在水中舞蹈，眾多的舞者開闔聚散，荏苒瀰漫著一股香氣。以白色的茶碗盛裝琥珀色的茶湯，香氣充盈嗅覺，入喉，微微苦澀，不似想像中的甘甜，但是當茶香繚繞整個舌尖，回甘的滋味，悄悄襲來，似暴風雨過後的雨過天青。嘴角微揚，內心喜悅。

沏的是茶，學的卻是生活；斟的是酒，品的卻是艱辛。

在幼穉童年印象裡，大人們的生活，總隨著當令的五穀菜餚瓜果運轉，一刻不得閒，小孩永遠不懂大人一粥一飯的勞瘁。農忙收割時，我和弟弟們在田間奔跑追逐蚱蜢蟋蟀，踩壞了幾叢金黃飽滿的稻穗，挨了一頓罵，討了一頓打，仍天真地繼續嬉戲。祖母、母親交代我們姐弟到菜園澆菜，我們滿口答應，卻將田溝水渠當作戲水池，弄得滿身泥濘，剛可以採摘的菜蔬，許多也損兵折將，成了腳下冤魂。殊不知那一串串的結實纍纍，是祖父母及父母親背項上的汗水結晶成鹽，手足粗糙長繭，皮膚被炙烤成黝黑，才換來一碗碗瑩白甘甜的米飯，或者清脆爽口的佳餚。

作家徐國能在〈第九味〉說：「鹹最俗而苦最高，常人日不可無鹹但苦不可兼日，況且苦味要等眾味散盡方才知覺，是味之隱逸者……」之於味覺，「苦」的確讓人卻步，憶起兒時吞藥的慘狀，母親煞費苦心，連哄帶騙地讓我服下藥粉，沒三秒本能反射似地全部吐光。所以對於阿嬤及母親每次都說苦瓜好吃，我都敬謝不敏，每看到餐桌有苦瓜料理，便嘟起嘴角喃喃抱怨。

家裡務農，屋子旁邊就是一畦畦的菜園，阿公用乾竹子幫阿嬤架起了瓜棚，這些苦瓜種子就像傑克的魔豆，日夜競賽攀爬，不出三個月，綠葉成蔭、莖鬚繚繞，然後開出一朵朵黃色小喇叭花，接著長出具體而微一顆顆肉瘤狀的白玉小苦瓜，我和阿嬤在瓜棚下數著數著，好幾十條的苦瓜正努力長大，我心裡喊苦，不知道這一收成又要吃多久了，但阿嬤嘴角的笑顏卻闔不攏。

念大學離家在外，學生宿舍餐廳永遠都是那幾道菜，有時強烈想念阿嬤燒的菜。有一次返家，正是苦瓜成熟季節，阿嬤用黑豆豉、福菜、丁香魚乾和苦瓜一起燜抄，我怯生生地嘗了一口，奇怪，苦瓜不苦了，且變得好有味道呦！我甚至接連扒了好幾口，我跟阿嬤說：「好好吃哦！以前我怎麼不敢吃？」阿嬤笑著說：「汝大漢啦！」

「始知盤中飧，粒粒皆辛苦」是在成年以後才懂的，在擾攘紅塵中奔走，常常想起那雙肩挑著一家子重擔，而已蒼顏白髮，垂垂老矣的祖父母及父母親，過往日子的劬勞，已在他們臉上布滿刻痕，他們卻永遠漾著滿足的微笑，似乎家人永遠是他們甜蜜的負荷！

生命的無常無所不在，前些年，祖父母相繼離世，生命的年輪似乎被狠狠切斷，不再往外擴張成長，那些陪伴自己的諸多回憶，倏忽從七彩輝煌變成闃黑黯淡，不捨生命驟離的痛苦，夜夜襲來。彷彿為人類盜火的普羅米修斯被天帝宙斯懲罰，以鐵鍊高懸於高加索山上，再以禿鷹啄食肝臟，隔日復原後，禿鷹又來啄食，日復一日，痛苦每日輪迴，飽受折磨。

面對死亡，自己無法解脫，為何生命的甜美與苦澀在轉瞬之間完全翻轉變味？而在嚥下苦澀的同時，為何都流出鹹鹹的眼淚？是不是預示著生命裡交織著不可分割的雙重主旋律？

關於生命的叩問，從來不曾停歇；生命的苦澀挑戰，永遠在暗處蟄伏。

歲月如流，不知不覺我也已經幻化成一棵樹，撐開枝葉，伸展羽翼，可以庇蔭心愛的家人。生活的忙碌辛苦，不曾一日稍歇，但是生命甜美的汁液也從中日復一日地釀造，汩汩湧出……。

感謝生命中所有痛苦的淬鍊，讓我懂得承擔，也逐漸明白甘與苦乃是生命的一體兩面，未曾須臾分離。就如余光中詩作「白玉苦瓜」所言：「……一首歌，詠生命曾經是瓜而苦，被永恆引渡，成果而甘。」

冬至湯圓

從小，每逢冬至媽媽與祖母一定煮一大鍋的客家鹹湯圓，以雞湯為湯底，和著香菇、肉絲、蝦米、芹菜末、蔥花一起爆香的濃郁湯料，配上當令嫩綠的茼蒿菜，紅色、白色的小巧湯圓就在油滋滋的湯鍋裡滾來滾去，每舀起一杓就覺得好幸福、好滿足。後來祖母車禍驟逝，母親延續了她的好手藝，讓我們在最冷的冬至夜裡，都還可以藉著一碗熱騰騰的鹹湯圓，緬懷與祖母共處的時光。

離家北上念大學，才知道並不是每一個地方的湯圓都長得一樣，曾經為了尋找記憶中的客家鹹湯圓，遍尋學校附近的小吃店，但吃到的都是裡面包肉餡的大顆鹹湯圓，配上灑了大把油蔥酥的湯底，幾片茼蒿菜葉漂浮在湯碗裡，三顆大湯圓兀自在湯碗裡載沉載浮，絲毫不見湯料與湯圓若合一契的完美融合。讓我有一股衝動，想馬上搭夜車回家，就是想喝一碗母親親手烹調的客家鹹湯圓。爾後，舉凡裡面包內餡的：芝麻、紅豆、花生，甚至酒釀口味的，我都敬謝不敏，實在是味覺記憶太頑固了！

婚後，外子與公公是南部人，早已吃習慣裡面包餡料的大顆湯圓，我曾經試著自己做客家鹹湯圓，但是火候不夠，老是覺得不如母親做的好吃。後來，也只是虛應故事，為了拜拜而用最簡單的桂冠湯圓。至此，湯圓已被自己剔除於愛吃的食物之列。今年冬至很冷，電視傳媒早在一個月前就強力播送湯圓廣告，於是一時興起，在冬至當天撥個電話回娘家，告訴母親我非常想念她煮的客家鹹湯圓，我說在電話中都可以聞到弟弟們幸福享用湯圓的濃郁香味，母親只是笑著說：「哪有這麼誇張，哪有那麼好吃……」結果，隔天晚上下班，母親托弟弟送來了一小鍋的鹹湯圓，我吃著吃著，不禁眼角微微溼潤，望著紅色、白色的小巧湯圓還在茼蒿菜葉間嬉戲著。

嬋娟誰與共

最近，為了大弟的婚事，正忙著整理家中的頂樓，無意中一只廢棄的鋼製的烤肉架從角落裡乍現，它纏滿了蛛網，也沾了灰塵，母親見了連忙說：「丟了罷！久沒用也髒了，況且一個也沒多少錢啊！」我怔怔地望著那烤肉架出神……，彷彿嗅到那年中秋的味道。

一九九一年九月對於我們家而言，是別具意義的，因為我們搬離了住了將近五十載的三合院，遷至新居。而這對於祖父、祖母，更是一項重大的抉擇，因為安土重遷的農人性格，使得老人家對老屋的一磚一瓦、一草一木，都有不可或離的感情，甚至於窗檯上的木紋、牆上的污斑，以及手指印痕，都是他們過往歲月不可磨滅的痕跡，老屋的存在，正見證了他們人生歲月的璀璨與逐漸斑駁。然而面對日漸蓬勃壯大的人口，老家再也無法為那麼多人遮風蔽雨了，爺爺奶奶終究是點頭了。

在遷居日將近時，真的也感覺到爺爺奶奶漸漸投入布置新居的喜悅。

我們在一切都是新的氣味中，與新居展開共同頻率的呼吸，同時計劃著即將到來的中秋節，要在頂樓上嘗試著我們家從未有過的B.B.Q中秋之夜。這次由我與弟弟共同策劃採買，媽媽負責醃製，同時負責串燒的物品，爺爺奶奶只要負責「大駕光臨」就好了！在採買烤肉架時，為了選網製烤肉架還是鋼製烤肉架，我與弟弟躊躇半天，終於決定買鋼製的，想說只要清洗過，來年即可再用，且可避免浪費，沒想到，後來卻未曾再使用過……。

當然，那天月光仍一如往年中秋，潔亮地照在每一戶人家中，但是頂樓充滿著煙薰味與烤肉滋滋作響的聲音，實在不同於老家三合院前那種剝龍眼、啃月餅、泡老人茶的悠閒星空，來到新居的快適，正如B.B.Q中秋夜一樣，令人感覺耳目一新，也發酵出不一樣的團聚感受。祖父高唱好幾首日本歌曲，祖母那夜話特別多，把我們小孩子的童年趣事糗聞，一一搬出，如過年守歲，我們守著炭火，在頂樓上吹著習習涼風，父親還躺在涼椅上說著每年必說的嫦娥、吳剛、玉兔，直至星空低垂、炭火成餘燼……。

或許真的是應證了東坡所說的「人有悲歡離合，月有陰晴圓缺，此事古難全」，祖母於隔年中秋前夕車禍去世，超速的小客車橫撞正過馬路返家的祖母。至今，每逢中秋，我都會想到與祖母共度的B.B.Q夜晚，那烤肉香、那久久不褪的笑語與炭火餘溫。我們家中的每一份子，一直都不敢再提中秋頂樓烤肉之事，每年中秋來來去去，總覺少了份什麼，是那份圓吧！

父母心

一月二十六日，大學學測第一天，天空一片陰鬱，氣溫驟降，考場氛圍冷凝肅殺。雖然前一天看過考場，第一節考試前仍然陪著小兒走一趟以熟悉進考場動線！

小兒的試場在考區最外緣邊棟的三樓，隔壁間被安排為備用特殊試場，當我們走上三樓時，電梯門開啟，有一對父母推著輪椅將小孩推進了備用試場。備用試場只有兩個考生，其中一個手腳纏裹著繃帶紗布，已安坐在椅子上，而坐著輪椅的這位看起來比實際高中生年齡稍小些，不經意的瞥見男孩雙腳萎縮，父母及試務人員合力將孩子抬上稍大的特製桌椅並固定好。我目送小兒進試場之後，正準備前往休息區，看到那對父母仍憂心忡忡地站在試場外，眼神殷切地關注著孩子，一直到預備鈴響才離開。

在休息區，家長們各個裝備齊全：茶水、飲料、點心、水果、暖暖包、野餐墊……。在孩子們進考場之後，大多數家長狀態輕鬆，閒聊、滑手機平板、閱讀書報雜誌，畢竟「西線無戰事」，真正的戰士正在考場與國、英、數、社、自等巨獸廝殺呢！我也拿出要看的書報，又瞄見那對推輪椅的父母也在休息區，媽媽手上拿著紅色精裝褶頁的佛經「觀世音菩薩普門品」，正在低聲一句句唸誦，而那位父親在每節考試的前三十分鐘，都走出休息區，在走廊間望向兒子考場方向，雙手合十，口中默默祝禱。我多次倒茶水經過，冷風將那位父親些微皤然的白髮揚起，他在風中祈求的形象是如此虔誠，令人動容。

記得，紀伯倫《先知》第四章〈論孩子〉中有一段話：「你是弓，兒女是從你那裡射出的箭。弓箭手望著未來之路上的箭靶，他用盡力氣將你拉開，使他的箭射得又快又遠。」我想：無論手中的箭矢如何折翼，帶著愛的祝福的箭鏃，總能無遠弗屆！

我的母親

印象中，只聽母親唱過一次歌，那是在我的吵鬧央求下，她才勉強挑一首小學音樂課本裡學過的一首舒伯特的「菩提樹」。當母親以舒緩渾厚的女中音緩緩流洩出羈旅外地的青年，回憶當時在家鄉菩提樹下，憧憬未來美夢的情景，如今四處飄零，不覺悲從中來的感覺，我凝神諦聽著，欣賞母親侷促又陶醉的表情，當時我是唯一的聽眾。

相對於父親的熱鬧喧騰，母親總是一脈安詳恬靜，父親喜歡拼酒、划拳、上臺高歌以贏得掌聲，從「榕樹下」、「愛拼才會贏」一路唱到「飄浪之女」，父親軒昂的姿態與母親的沈默陪笑，總是形成強烈不協調的對比，我端著臉看著卡拉ＯＫ臺上的父親，想著脹紅臉、露齒高歌的父親大概從來不曉得母親也有一副好歌喉吧！

一幕幕的生活印象，在眼前掠過。父親是典型大男人主義，吃完飯絕不洗碗，只在客廳蹺腳看電視等著削好的水果，而母親紡織廠五點下班後，即趁著天黑前趕忙到菜園澆菜，接著一頭埋進廚房張羅晚餐，髮絲還沾著紡織廠的棉絮，臉上布滿炒菜的油污，這就是母親長年來塑造的居家形象。我想，所謂的女性自覺對母親來講，根本就是遙不可及的神話。

從國三起，家裡常常有一些莫名的騷擾電話，不吭聲的彼端，讓人惴惴不安。罵了幾次「無聊」、「神經病」後，騷擾電話彷彿幽魂，仍不時來襲。高二時，有一天午寐，我與父親同時接起電話，我在樓上、他在樓下，不過父親比我先接聽，一份好奇心的驅使，我未掛上電話，繼續竊聽。

「你怎麼不來找我？剛剛電話響怎麼不趕快接？」嗲聲嗲氣的女子聲音。

「我去找妳。」父親趕忙掛上電話。然後匆匆外出。

就在那剎那間，我突然明瞭騷擾電話的來由。

這午後的秘密埋藏了好久，只在我們四個姊弟間耳語著，大弟提及曾在夜市看到父親的車裡坐著一個陌生女子，還有小弟不經意瞥見父親皮夾中滑落一張未曾謀面的女子照片……父親真的外遇了。而母親仍是一如往常的安靜，完全無視於父親一個月染一次頭髮的異常舉動，或者拿蘆薈、檸檬洗臉急於想抓住青春尾巴的中年男子心態？

終於我們歸納了所有點點滴滴的片段，向母親傾吐，母親平靜如深潭。

「那女的我見過，是妳老爸已過世朋友的老婆，因為她的孩子與妳爸同一個工廠，所以妳爸就特別照顧他，她也因這層關係和老爸熟起來的……」

「就這樣……就這樣算了嗎？」我不可置信地問著，外遇居然可以如此輕而易舉地四兩撥千斤。

「對！就這樣。」母親堅定地說。

母親守著這個秘密肯定比我們久。然而母親的婚姻哲學很奇妙，她沒有強烈敢愛、敢恨的生死相約，也不屬於毫無生命力的槁木死灰，她應該是海邊補破網的漁婦，細細補綴所有的傷口，以溫柔卻有無限包容力的巨網等待大風大浪中翻滾受傷的魚。我是在結婚以後，才更體會母親那種深沈忍耐的力量。

本文榮獲一九九七年臺北市政府母親節徵文佳作，原刊於《中國時報》浮世繪版一九九七年五月二十六日，後結集成《城市馨情——天下媽媽都不一樣》一書

母親健康A計畫

更年期後的母親，身體常感不適，血壓會遽然升高、四肢無力、發熱、焦躁……，看在心中，真是萬般難過。常年家務操勞，讓她原本秀麗的面容早已臃腫變形，「家」是母親唯一的重心，在這裡，她消耗自己的青春、自己的美麗。

我們了解母親缺乏交友圈，更缺乏保健自己身體的時間，於是我和弟弟們聯手出擊訂定「母親健康A計畫」。首先，挪出母親運動的時間，接著幫她報名民眾活動中心的韻律舞班，連基本的舞衣都先買好。母親推拖拉扯，硬是找理由不肯去，我們說：「去看看嘛！況且我們幾個也陪妳跳呀！」最後媽媽看在報名費已繳的份上，硬著頭皮跟著我們去，時間是七點到八點，母親剛上課，真像剛入學的新生，手足無措，不敢放膽扭動肢體，音樂響起，老師在前面帶動作，媽媽躲在人群後排，企圖遮掩豐腴的線條。

不過看看四週的阿嬤、歐巴桑，個個都比自己老，身材也比自己還「碩壯」，母親才吃了一顆定心丸，慢慢軟化僵硬的肢體，「一二三四」、「二二三四」……還真的有模有樣的。後來媽媽每次都要提醒我們別忘了星期一、三、五要跳韻律舞，她最近還忙著準備發表會呢！

還有飲食，以ＤＩＹ取代高脂多肉的習慣，家裡開始有苜蓿芽、小麥草、自製蜂蜜胡蘿蔔汁、茶凍、布丁……等。

嗯！媽媽的健康，的確看得見。

本文原刊於《中國時報》親子版一九九七年五月十六日

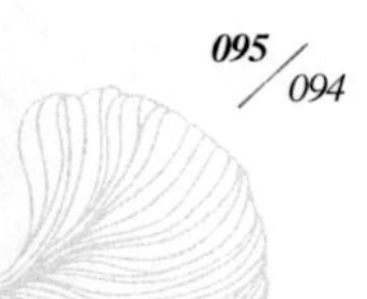

母親賣菜記

茭白筍豐收的那一陣子，母親每日從濕漉漉的水田裡，一根一根割下還裹著青綠皮衣的茭白筍，趁著赤焰焰的日頭還未升起，用扁擔挑起還留有新鮮割痕的茭白筍，一步一步前往人聲此起彼落的早市。

我在擁擠的菜市角落，尋到蹲坐在地上的母親，一攤一攤比鄰而「蹲」的菜販，個個都是樸實農婦模樣，竹斗笠底下傳來一陣陣么喝：「小姐、太太，來看看啦！俗俗賣，咱自己種吃不了，沒噴農藥！」攤列在油布衣上的青蔥、絲瓜、空心菜……，的確比不上從果菜市場批發來的壯碩肥美，然而小家碧玉的模樣卻叫人安心。母親見我來接她，抹了抹額際的汗珠說：「快了！快了！把這堆俗俗賣就返厝了！」臉上仍然是殷勤的笑意。

茭白筍褪去青綠外皮後，在陽光下閃爍著晶瑩幼嫩的乳白色調，「賣相真好！」母親邊剝邊說，「再過一陣，恐怕就老翹翹了！」母親已年過六旬，我們都勸她不要為了幾百元，那麼辛苦地蜷縮在魚腥肉臊、人群雜遝的市集裡，然而每當自家所種的蔬果過剩吃不完時，母親挑著扁擔的身影又一如天光早起，一步一步斜晃著到市集上，展開她業餘的販菜時光。

埋首數五元、十元、五十元的零角硬幣，母親把它們悉數堆疊起來，嘴角泛起一絲滿足的笑意，那種平凡而又實在的幸福，在她從紡織廠退休後已不多見。或許我該成全母親這種幸福，因為她在菜圃裡看到菜苗茁壯、結實，接著收成、販賣，也一定經歷一次又一次生機盎然的生命洗禮吧！而那也是青春不老的秘方啊！

花香浮動的晚年

每每看見自己或別人的母親，進入空巢期之後，那種徬徨空虛與自我價值的失落，常覺得心驚不已！甚至看到耄耋之齡的隔壁阿婆，每天與兒孫追逐奮戰，筋疲力竭之餘，還得忍受兒子、媳婦責難的臉色，更令自己對家中長輩的老年生活，有深刻的思考。我想，誰也不願意做個整天喃喃抱怨、無所事事的人啊！

平素母親對園藝即有濃厚的興趣，最初她只種一些葉菜類，讓家人有無農藥污染的菜蔬可吃。我卻建議她利用外面空地「拈花惹草」，結果她愈做愈起勁，從最簡單的播種、施肥、選土、除菌、修剪枝葉，從不假他人之手。「拈花惹草」的結果，讓母親賺得了健康！畢竟天然芬多精的滋潤薰染，就是綠色植物對人類最好的報答。

這項興趣讓母親體會了，老年生活不是金錢富不富足的問題，而是精神生活有無寄託。所以每次我看到早起會的阿公阿嬤們，不論跳土風舞、練外丹功、打太極拳……，他們專注的模樣，往往讓我聯想到孔子所云的：「不知老之將至。」的忘我境界。我想母親每天在園子裡與花草菜蔬耳鬢廝磨大半天，或是蹲在地上與蟲子們鏖戰，處處可發現鳶飛魚躍的活潑生機與生命萌芽的喜悅，這是生命的第二春吧！

日日與花草的對話中，已預見母親未來老年生活藍圖是充滿花香的，從現在一點一滴地紮根，徜徉四季花海的美夢應可成真。母親對擁有一塊菜園、花圃的堅持，已不會輕易隨時間消褪！

或許我們也可以試著清出一片廢棄已久的後院空地，或者一方被雜物佔滿的陽臺，讓長輩們耕耘一塊夢土吧！你將會看到他們湊進花前，滿心歡喜的拈花微笑。

本文原刊於《中國時報》親子版一九九七年八月十六日

陪嫁的獎狀

出嫁前，母親叫我至她房裡，除了仔細叮嚀一些為人妻、為人媳的道理外，還特別慎重地從她陪嫁的嫁妝五斗櫃中，取出一疊獎狀交給我。

原來，母親將我們姊弟從小所得的獎狀一張張保留，從月考到抽考，從作文比賽到注音比賽，甚至全勤獎、儲蓄獎、獎學金證明書……，林林總總、形形色色，母親沒有任何遺漏。出嫁前起伏的心情在此時更難以平抑。

父母親雖只有小學畢業，然而他們卻不斷鼓勵子女上進，從不曾在我們學習的過程中吝惜一分錢。家裡的經濟情況，在我大學畢業前，一直是處於負債當中，可是家中的藏書卻與日俱增，凡是開口要求買的書籍，父親從未面露難色，甚至課外書，父親也是慷慨首允。當我們貪婪地吸吮知識的果實時，何嘗記起那靠血汗掙錢的雙手？

年紀漸長，懂得比較，開始向父母親做出無理的索求，別人得一張獎狀一百元，我也要比照辦理，否則便永遠不再得獎狀。父母親憂心又自嘆無能為力的愁容，至今想起來，仍愀然心痛。

年少不更事，在獎狀的堆疊累積中，自己曾使父母親歡喜，也曾使他們傷心。而隨著母親將成綑的獎狀交付手中，我深深明瞭那是父母親與我共同的努力，也是我最珍貴的嫁妝。

本文原刊於《聯合報》繽紛版一九九五年十二月十日

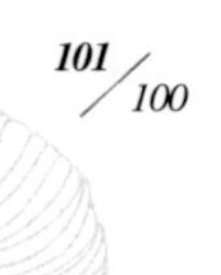

親愛的，弟弟

雨幕細密漫天遮蔽了天光，灰與白兩種色階交錯在前行的車窗，連路樹都灰濛濛起來，雨刷以幾秒的固定頻率甩開雨滴，而晶瑩的水珠卻一次次頑強地附著。

和父親約九點，前一晚已用Google Maps查過地點，我小心翼翼地留意該轉彎的路口，不是沒來過，只是距離上一次已是六年前，送阿公的時候。

八點五十分左右，第一停車場已停滿，放眼望去來這的人清一色穿著黑與白，別無其他顏色。加長型豪華禮車一輛輛穿行，濃墨亮閃的車身佈滿剔透的雨珠，車輪唰唰地輾過地上水漬，毫不猶豫地載著一具具已朽的肉身準備奔向烈火焚身處。

第二停車場稍遠，必須轉個大上坡才能看到樹林僻靜處ㄇ字型的停車格。雨仍不停的下，我撐著傘，綠格紋咖啡色泰迪熊圖案是眼底唯一的色彩，腳下到處都是凹陷的水窪，一畦一畦的，雨水滴在裡頭，泛起圈圈漣漪。

沿著階梯往下，琉璃青瓦的屋舍一幢幢莊嚴並排矗立，香煙裊裊繚繞，耳中盡是佛音梵唱誦禱，如果不是心裡明白，在悠忽恍兮之間，你會乍以為來到佛佗世尊講法的馨香國度。撥個電話給父親，父親說：「下雨天路上很塞，妳先找到解剖室，我盡快趕到……」

雖然心裡已有譜，待會見到你可能是什麼光景，因為前兩天剛得知消息時，大哥已對我描述你躺在租屋處最後的模樣了。

但是我還沒準備好要見你一面。已將近二年多沒有見過你了，最後一次約莫是母親節聚餐，你最重視的節日。在這之前，只有斷斷續續從母親口中得知你工作一個換過一個，理由也總是千篇一律：薪水太低、老闆太苛、同事難相處……等等，之後母親便開始經常在客廳等你歸來，帶著一身酒味與煙味。

每次回娘家，總覺爸媽隱隱的話語中都避開談你。幾年前的一個晚上，父親難得打電話給我，要我馬上回家一趟，我心中大約也猜著是為你的事。一進門，爸媽哥嫂神情憮然圍坐著，夜已經很深了，四周一片闃寂，父親從抽屜底層拿著爺爺分家時的土地田契，有六、七分吧，父親對大哥說：「明天就去農會貸款，把俊荃的賭債還一還！應該可以貸到三、四百萬……」父親的話一個字一個字被濃黑如墨的夜色吞噬，口中輕吐的嘆息像幽咽的啜泣。那個夜晚，感覺父母親一夕間白髮皤然如雪。那些田地，一直是父親努力呵護的祖產，當別的叔叔伯伯賣田賣地換車換房時，他仍然荷著鋤頭固守著一個老農的質樸，看禾苗由青蔥翠綠轉為金黃飽滿，捍衛著彷彿可以傳承世代的祖業。那一晚，當父親顫巍巍的手把田契交給大哥時，我的眼底湧出無奈不捨的辛酸。

父親終究還是趕不及九點，我問了問服務中心，解剖室就在長廊的盡頭。雨勢逐漸變大，已是三月末，春寒依舊料峭。解剖室外陣仗頗大：刑警、檢察官、書記官、解剖助理員、葬儀社人員，我進入解剖室，「我是廖俊荃的家屬。」，助理員說：「先進來確認屍體。」

小弟，我以為我會承受不住，或者崩潰之類的，但我卻出奇的鎮靜，在瀰漫著濃濃屍臭味的解剖室裡，我注視著你，你已面目腐黑，根本認不出原本長相清秀斯文的你，肉身赤裸早已褪去血色，轉為枯槁，聽大哥說在租屋處發現你時，身上已長出蛆，肉腐出蟲，應該很痛吧！

我對助理員說：「說實在，這樣子，我也認不出是我弟……」

助理員說：「應該沒有錯，指紋比對正確，屍袋上寫的也是廖俊荃。」

眼前已朽的屍身，應該是你？或許是你？母親在事發當天也到了租屋處，她說：她沒看過你身上穿著的那件藍色T恤，也覺得你睡姿詭異，兩個腳掌交叉，雙手上舉，棉被裹得很好……，但租屋現場都是你留下的痕跡，皮夾中所有的證件也都是你。面對一具樣貌已腐的屍身在眼前當下，我們打從心底拒絕承認那是三十九歲的你，大家努力在時間的刻痕裡拼湊出鮮活的你，去取代這一刻的冰涼實體。

父親終於趕到，我請他再次確認，父親進了解剖室望了望、點了點頭，相較於前天，他已經比較能接受你已走的事實。就等法醫來了，檢察官、書記官就著外面的桌子再一次訊問父親幾個問題。大抵也是確認身分之類的，後來又問了些你的朋友和你的債務往來的關係。

和在電視上所看到的社會新聞一樣，種種訊問都希望能轉換成可以解讀你——已不能發聲的你——是如何離開的？

其實，我曾多次猜想你可能的離開方式：酒醉駕車出車禍，吸煙過量得到肺癌，或者哪天因被逼債而上了社會新聞版面⋯⋯。

那是源自於一種莫可奈何、束手無策的詛咒。但是現在看來先前的揣想詛咒，都比我眼前所見的畫面來得有存在感，至少那些猜想證明你曾真真實實地曾與死神拉鋸拔河作戰過。

每回你欠了朋友、信用卡或者地下錢莊一筆為數不小的債務後，你選擇以無聲消失的方式，不回家、不接電話，直到爸媽把能解約的定存、可質借的壽險、可抵押的土地還清債務後，你出現了，懊惱懺悔允諾自己絕不再犯，戲碼不斷重複上演，我們一直都相信——「親情」與「愛」是解救你的良方，一種「不信親情喚不回」的信念努力對抗無比強悍的血緣暴力：一種無法斬斷，時時痛擊生命、生活的至親手足。

在得知消息的那晚，滿臉憔悴的父親對我低聲泣訴：「我救不了他，我救不了他⋯⋯」那樣壓抑哀悽的語調，是我所罕見的，印象中堅強的父親只有在阿嬤車禍過世時曾掉淚痛哭。他怕母親擔心，曾多次獨自在深夜駕車，靜悄悄地與地下錢莊約在某交流道、某公車站牌⋯⋯，將一疊疊你所積欠的債款交給對方，並請求對方放你一馬，他也曾到賭窟把你拎回家，威脅要剁掉你的雙手雙腳……，一輩子素樸的父親，怎麼也沒料想到自己的晚年，還必須與債務奮戰，也不過是幾分田地，幾筆年輕時當警衛、做木工裝潢攢下的積蓄，夜擲千金的速度用一輩子來還都不夠，於是，半畝田宅、天光雲影的悠閒都成了老父晚年奢侈的想望。

你的走，成了不能說的秘密，父親說低調處理，連靈堂設置、告別式都不想驚擾親友，事情來得突然，連續的奔走，爸媽宛若急速萎謝的花，神態黯淡枯槁。我和大哥、二哥來回料理諸多你留下的事務，還是必須送你一程，前緣已了，總需祝願你來生福慧圓滿。

在尋找適合的遺照時，多張家人聚餐、出遊的合照瞬間打開重重的時空帷幕，笑聲在相紙上凝結，呼之欲出。那樣歡樂的影像，一直以來似乎被似有實無、有形無形的距離狠狠切割。長大後，即使同桌吃飯也像陌生的熟人。

你還在小學六年級時，我已成為大學新鮮人，開始兼家教養活自己，也給你零用錢花用，想著你會珍惜我的鼓勵，而跟我走一樣的道路：讀書、考試、上大學，甚至完成比我更高遠的夢。然而大部分的錢你都獻給了電玩遊樂場，幾次父親還要到處尋人，你蹺課，流連電玩。國三畢業，勉強考上高工，荒唐的夢並未停歇，你以休學工作賺錢買機車為要脅，終於父親以三個月的薪水換一個承諾：至少把高工唸完。

至此，我們人生的河道已遙遠地分向兩頭……。

法醫終於在九點四十分趕來，檢察官、助理員紛紛進入解剖室，刑警在外面討論其他的案子，檢察官示意父親及我不用進去解剖室，只需在門外看即可。前一天母親還特別問我說：可不可以不要解剖？她心裡捨不得。解剖室裡頭還架設著錄影機，法醫熟練的切開胸腔肋骨，彷若醫生進行手術般，我和父親只匆匆一瞥，不忍卒睹。我攙著父親坐下，他滿眼哀悽，好像被剖開的是他自己。你在冰冷的解剖檯上說著你生前最後幾小時的故事，這些故事的語言我們無法理解，我們需要一個專業的翻譯人，告訴我們你進入幽暗那一瞬間的方式和原因。這或許是我們能陪著你做的最後一件事了。

檢察官最後問訊完，說：「你們對他的狀況好像不太清楚喔！」我心頭一怔，的確，這兩年來，雁杳魚沉，我們各自活在自己的生活圈裡，沒有任何交集。

長大了，真的使我們愈走愈遠，問候與關心總說不出口，於是變成冷漠以對，總想你終有一天會懂得珍惜這一切。常常在餐桌上想好好聊聊天，你又往往亟欲逃開，躲避父母兄姊一字排開的陣勢，在我們面前，什麼時候，你變成一個被審判的罪人。

或者，我們從來都不曾真正的了解你。總想著，哥姊都完成大學學業，獨當一面。你何必另闢蹊徑，走一條崎嶇的路，憑添爸媽許多煩惱。我現在漸漸理解，那個長大後想融入我們的你，是曾經如此的倉惶不安。在這個家中，面對兄姊都是第一志願高中及大學畢業的你，在親友眼中或是在父母親、老師口中，你永遠可以看見自己的無能。我們不曾試著去了解你：你藉著虛偽的外表及廣闊的交友圈掩飾內在真正的自卑怯懦。因為我們從來都認為是你不夠努力，不夠認真，太愛玩了，我們忘記並不是每一個手足都應該擁有同樣的天份。

或許，你想逃離的正是這個家、這些兄姊、這些過多而且隱形的壓迫，這個映照自己無能怯懦卻又必須裸裎以對的家，其實你也不想任由人生如此荒腔走板……。

至此，過往的曾經，可以數算出的回憶，在你走後，反而愈來愈清晰：那些輪廓、那些場景。記得母親跟我說過，是要生你來跟我作伴的，只是又懷了個男胎，所以大你七歲的我，總像個小保姆，看顧你成為我童年時最重要的事，記得你第一次放開手，搖搖晃晃蹣跚學走路的模樣，我成為分享你成長第一步的見證者。我也還記得我有一次生病住加護病房時，你避開諸多親友獨自前來探視，是下午的訪視時間，我從迷迷糊糊的昏睡中，聽到你的輕喚，看到你立於床前，我不知道你已來了多久，尷尬的你也不知道如何開口安慰我，只是輕輕拍了我說了一聲：「老姊，要保重、要加油！」就匆匆離開了，午後的陽光輕巧挪移，將你的背影拉得很長，我還來不及起身向你說聲謝謝，你已轉身消失在門後。我也記得幾年前有一次下班，突然接到你的電話，你畏畏縮縮說著想向我借錢，並且願意立借據、限期歸還，我當下冷峻地拒絕你，並且說：「在你沒有徹底悔改之前，我是不會幫你的……」對話就此斷訊。

這些潦草不堪的記憶，像一座座墓塚，只能憑弔。

整理你的遺物時，抽屜有多本相簿，一張張都框著過往的笑容。場景是已經搬離二十多年的老家，廳堂前水泥砌的曬穀場依舊是記憶中灰撲撲的模樣，未因時光的移轉而改變它的容顏。紅磚堆垛的外牆安靜佇立，彷彿還在守候遠方歸來的人。我彷彿又看到你、大哥、二哥、我、還有幾位堂哥堂姊，在曬穀場前踢牛奶罐玩鬼捉人，匡噹的聲音還迴盪在耳際，每年暑假，我們都曬成小黑人。

照片能捕捉到的都已泛黃灰濛，景物和我們的容顏停格在無憂的童年。曬穀場上踢牛奶罐「匡噹、匡噹」的聲音迴盪在耳際，我看到還在奔跑嬉戲的我們，你卻已經先行離席了……。

終於，十一點左右，法醫、檢察官走出解剖室，我和父親原以為他會給我們一個解釋，但是法醫只是輕描淡寫的說著：「初步排除外傷致死，亞當骨沒有斷裂，所以也排除被勒斃的可能，其他內臟器官、血液化驗需送至臺北法醫部化驗，最後結果報告大約要一、兩個月才會知道。」他脫下口罩，冰冷地說完並且迅速趕赴下一個解剖檯。所有的疑問和遺憾依然存在。檢察官開立一張相驗屍體證明書，說可以將你領回辦後事，後續有任何線索進展會再聯絡。

無論真相如何，親愛的，弟弟，終於你可以回家了。你從一個已然忘記的出生經驗開始曲曲折折走到全然不能了解的死亡經驗結束，你解脫了，無受想行識，無眼耳鼻舌身意，無色聲香味觸法，無眼界乃至無意識界，就請你跟著佛音梵唱前行，……依般若波羅蜜多故，心無罣礙，無罣礙故，無有恐怖，遠離顛倒夢想，究竟涅槃。小弟，我和父親領著你離開冰窖似的冰櫃，母親、大哥、二哥都在家裡等你呢！一起吃飯吧，說說笑笑、打打鬧鬧就跟小時候一樣？要過橋了，別往下看，小弟，橋下水流湍急，還有多處隱而不見的漩渦，我的手緊緊扶著你。穿過這條大橋，沿著長長的臺一線就到家了。

本文榮獲二〇一五教育部文藝創作獎散文類特優

我最珍惜的手足之情

那天一位朋友在聚會的場合說了六字箴言：「惜緣、守緣、送緣」，想想她所說的六個字，彷彿人世間所有的聚散離合都被道盡了。我們常說要惜緣，但可能僅止於言語口頭上的認知，真正的珍惜是真誠付出，同時用心守護這段緣份，唯有如此，當這段緣份走到了盡頭，我們才可以了無遺憾地送走這段緣份。

在今年的暮春三月末，很遺憾地我送走了小弟，他死於自己的租屋處，父母親傷心欲絕，自責不已，而身為長姊的我更是痛心疾首、悔恨交織，全家人籠罩在愁雲陰霾中，雖然知道緣起緣滅，冥冥之中自有安排，但是我們都是凡夫俗子，要去參透度化人世苦厄的哲理天機，在當下實屬困難。

我是長姊，下有三個弟弟，小弟與我相差七歲。從我有記憶以來，小弟所講的第一句話、放手學走路所邁開的第一個步伐、餵的第一口飯……，都由我這大姊親

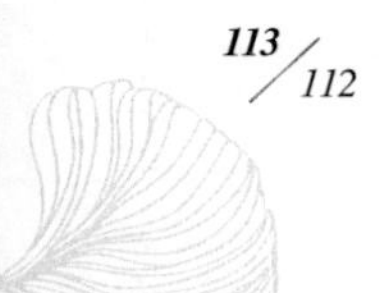

自見證。父母親忙於賺錢養家，幫忙照料弟弟們及做家事，常就落到我肩上。我還記得學會騎腳踏車以後的每年暑假，我幾乎天天載著小弟到火車站前的一家冰菓店吃剉冰，然後帶著滿臉的沁涼騎著車吹風回家。在幼稺童年印象裡，所存留的畫面都是老家那座紅磚砌成的樸素三合院，耳邊縈繞的永遠是歡樂的嬉戲聲，從來也不會察覺即使親如手足，也會走向不同的人生道路。

我和大弟、二弟一路考上第一志願高中、大學，然後都選擇教職作為人生志業。而小弟卻不喜讀書升學，從國中翹家逃學、高工念到一半說要休學打工買摩托車，那時哥哥姊姊都陸續離家念大學，父母苦勸軟硬兼施，終於完成高工學業、順利當完兵。進入社會職場，才是挑戰考驗的開端。小弟吃不了苦，三天兩頭換工作，最後更結交到損友，染上了賭博的惡習，父母哥姊如何苦勸都無法喚回浪子回頭，父親老淚縱橫拿出幾分田地祖產權狀到農會借貸，償還那無底洞的賭債，母親夜不成眠，天天等候流連賭窟的么兒，哥哥姊姊一陣仗排開曉以大義，也拿出存款想減少負債，最後小弟為了躲債離家……。

其實小弟是重感情的人，母親節還託花店送花給媽媽、過年前還偷偷回家看望爸媽，我生病住院時，他也避開眾人偷偷來探視，只輕輕說了：「老姊，要保重！」就轉身離開。

我一直很珍視身邊所有的人、事、物，因為我知道一切的相遇都彌足珍貴，我也用心守護每一段緣份。但是面對小弟的離世，我仍有無窮的傷感，這輩子要結手足情緣，是如何的緣份俱足才有可能。孟子曾提到君子有三樂，其中第一樂即是：「父母俱存，兄弟無故。」而如今如此簡單易得的人倫之樂，我竟也無法復得了……。

那一窩雞與雞蛋

小弟今年三月猝逝以來，全家籠罩在低氣壓中，幾乎不能觸及任何和小弟相關的話題，否則，爸媽一定又是眼淚潰堤，陷入永無止盡的自責與內疚。老年喪子，何等大慟！連一向堅強的父親，印象中只有看過他在祖父母的告別式上痛哭過，一生多少的風雨磨難，他都咬牙挺過，而這回他卻像個襁褓的嬰孩，一想到小弟就嚶嚶啜泣，嚷著：「我救不了他！我救不了他！」，聞之，令人鼻酸。

雖然說：時間是最好的良藥，能讓痛的不再痛了，讓放不下的放下了，能把想不通看不透的東西認清。但是如果沒有轉移心思，悲傷的氛圍仍能將人牢牢桎梏在抑鬱煩悶中。

所幸今年五月間父親一時興起，在家後院搭設雞寮養了十來隻生蛋雞，養了將近半年，這些雞的羽翼開始豐盈並開始下蛋，黃澄澄的土雞蛋下在父親放置的保麗龍箱裡，老人家一顆顆撿拾，有豐收的喜悅。於是，電話那頭多了蛋與雞的話題，爸媽細數每隻雞的習性、毛色、下蛋數量⋯⋯，好像他們在照顧一窩小孩一樣，有時還會模仿母雞下蛋時「咯！咯！咯！」的叫聲給我聽，父親說：母雞下完蛋都會很開心地叫著，彷彿在唱歌。他還特別鍾愛其中一隻毛色黑亮的蛋雞，這隻雞每次都從雞寮的一處縫隙鑽到土坡邊，掘一個洞把蛋下在裡頭，而且數量最多，他滿口誇讚這隻雞最聰明、毛色最漂亮，禁不住得意的神情。

當然，附加價值是餐餐都有美味的雞蛋料理，我回娘家也總是帶回一窩小巧可愛的土雞蛋。不知道何時，笑聲又回到餐桌上了，爸媽左一句右一句都在說：「那些雞真的好可愛哦！」我內心充滿感激，這窩生蛋雞是雙親最好的療癒。

忘憂六十石山

夏季清晨四時許，天還濛濛亮，花東縱谷宛若嬰孩沉睡在中央山脈及海岸山脈懷裡。靜極了，彷彿天光流轉的輕悄步履都能聽見。

我掀開窗簾一角，瞥見天上星子稀微閃爍，躊躇著，該不該喚醒在酣睡好眠的爸媽，這趟輾轉顛簸的旅程，七十幾歲的兩老應該備感疲憊吧！從西部的區間車到臺北轉乘普悠瑪號到花蓮，上上下下的階梯，我心疼他們退化的膝蓋。也曾想一路駕車展開壯遊，奈何天生路痴，未敢貿然嘗試。於是，訂了火車票，到花蓮包了一輛車，希望一路相伴，可以沿途聊聊家常。

六十石山，是旅程的最後一站。之前，鯉魚潭遊湖、秀姑巒溪泛舟、石梯坪出海賞鯨豚，乘長風、破長浪，頗有海天遊蹤的況味。雖然兩老頻頻表示體力尚好，行程也不趕，泛舟更是新鮮刺激的體驗，沿途他們認真划槳，驚呼連連，也和別艘橡皮艇打水仗毫不認輸，我陪著玩，看到爸媽臉上投入的表情，好像時光倒流，老人家回到了童年時光，赤腳在溪邊玩水，如此無憂無慮，毫無牽掛，只專注於當下的玩興。

但只有我清楚知道，兩老的心早已駐紮著衰老的獸，夜夜咆哮，低聲嘶吼，不時舔噬著滲血的傷口，只因長時間嗜賭的小弟讓他們操煩了心，時刻得嚴防債主上門催討，或者信用卡公司的催款電話，債務如雪球，壓垮了爸媽，也徹底摧毀了小弟蒼白的人生。去年三月間，小弟意外被發現陳屍於租屋處。

這是一趟散心之旅，小弟生前最喜歡在節慶時送大把的花束給爸媽了，但他一直忘了送忘憂草（金針花別稱），所以爸媽一直為他而憂。小弟從來都不知道代表母親的金針花的花語是——忘憂和喜悅。

我輕輕搖醒爸媽，簡單梳洗後，沿著民宿後方的小徑緩緩而上，天色漸漸清朗，小徑旁都是黃澄澄的金針花海，在晨曦微風中輕輕搖曳，如穿著金黃色舞裙的少女在層層綠波裡踮著腳尖起舞。我攙扶著兩老的手臂，慢慢往忘憂亭走去，那裡可觀賞整片六十石山的金針花海，居高臨下亦可眺望縱谷層巒疊嶂的山景與河川走勢。我沿路絮絮呶呶地閒話爸媽在鄉間栽種的菜蔬，樸拙的老農一提到田園瓜果，精神就矍鑠起來，指著金針花說道：「這在老家的池塘邊也種過，但是不好種，種的面積不夠大，金針花一開就不能吃了！」

由蜿蜒的坡道一路迤邐向前，人聲影跡漸漸如山靄擴散，花海漠漠，遊人如織。告示牌上標著六處觀景亭臺，萱草、黃花、鹿蔥、丹棘、療愁、忘憂，都是金針花的別名，我一一指著這些亭臺的位置，並且告訴爸媽這些都是金針花的別稱，「金針就金針！哪有按奈多奇奇巧巧個名字？」他們咧嘴笑著說。在那瞬間，我捕捉到這漫山遍野最無憂的笑容。

本文原刊於《中華日報》副刊二〇二〇年三月二十四日

小公園

下午四點半，換上運動服、鞋子，前往住家附近公園健走跑步。

和一般公園的設施一樣：盪秋千五架、色彩繽紛塑膠製兒童溜滑梯一座、搖搖馬、搖搖鴨數隻，可供大人及小孩乘座擺盪的翹翹板一座、搖搖椅三座。公園花木扶疏、綠榕成蔭、鳳凰木正綻放紅豔豔的花朵，幾棵波羅蜜樹兀自開且落，樹稍果實纍纍，樹下已腐爛的落果星羅棋布，片葉不沾身。

往常，這座小公園是老人群聚，交換社區訊息、數落各家子女媳婦賢不肖的最佳平臺，誰家阿貓、阿狗、鄰里長勤惰、老人年金發放、免費健檢……，在這都可以蒐集正確情資。所以小公園永遠不乏人氣。

而此刻正值盛夏溽暑，小公園成為小孩與家長的避暑勝地，公園有一種魔法：讓小孩一下車就漾出興奮的笑容，一路鬼吼鬼叫狂奔到溜滑梯前，爸爸媽媽根本來不及攔阻，小孩已經竄上竄下，和別家小孩玩在一塊了。很多時刻，就如現在我正坐在鳳凰木底下休息，目光一直聚焦於穿梭於溜滑梯迷陣間的兒童身上，想起擎兒小時侯，也像這樣，著迷於公園的這些遊樂設施，在公園裡跑動時永遠沒有定點，像許多兒童行為研究專家所畫的行徑圖一樣，他的動線像一團亂糟糟的毛線，我得如追蹤雷達上的不明物體般專注，否則這樣的一個小點很快就會跑離視線之外。

年年盛夏，我和他在公園消磨許多時光，本來孱弱瘦削、被早療診斷發育遲緩的小孩，常來這公園跑動流汗，不知不覺，他已長成一八七公分的青壯年，是公園療育了他？還是像俗諺所云：「大雞晚啼」呢？生命成長的軌跡如此不可測，有時專家的精闢理論也未必值得全信，小孩總有自己的生長節奏，或早夭、或強壯，往往不是照顧不周，或是細密呵護所致，總有一種來自生命內在的花開花落、成住壞空的頻率在進行著，不受人為干擾與控管，就像每個人撒手人寰的時辰、方式如此迥異，誰能料得身前身後事？

擎兒從繁忙的大專營隊回家，我央求他陪我到小公園走走散步，沒想到竟然遭到拒絕：「我去小公園幹嘛？又不能真正好好運動，我們現在流行去健身做重訓，增加肌肉與肌耐力比較重要。」」，「哦！這樣啊！現在年輕人都上健身房去了喔？」

於是，我逕自前往小公園，這時迎面而來的不是蹦蹦跳跳的小孩，而是由包著頭巾的外勞推著掛著尿袋的老奶奶，稀疏的白髮被風吹亂，鬆垮垮的臉佈滿皺紋，我與她眼神交接，試圖微笑打招呼，但老奶奶的眼神很快閃避，留下錯愕的我與外勞頷首微笑。

我坐上盪秋千，重新懷想我和孩子的童年，在風中盪得老高的笑容，同時揣想如老奶奶般的風燭殘年，都是人生會遇見的風景啊！

本文原刊於《中華日報》副刊二〇一九年十一月二十日

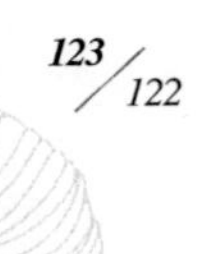

放生記

暮色天光逐漸由金黃被皴染為蒼青，最後大地只剩闃黯的黑籠罩著圖書館這一窪水池。先前早與兒子到這圖書館邊的十二生肖池探勘過數次，池中有幾尾錦鯉、烏龜數隻、莎草數叢、環境合宜。

——只是遲遲下不了決心。

說來羞赧慚愧，明知隨意放生是不對的行為，甚至還夥同小兒一起做「壞歹誌」，實在是深深打臉我平日的教育守則。

小龜仔，是小兒從小飼養的巴西龜。當初在逛水族館時，一群約莫五十元硬幣大的小小巴西龜，在偌大的水族箱中泅上游下，縮頭擺尾，努力奮發地時而爬上浮石，時而在立體拱橋鑽上鑽下，那萌憨的模樣逗得七、八歲的小兒開心不已，眼睛發亮。疼孫的阿公在我和先生還來不及阻止前就叫老闆抓了一隻，買來送給小兒。

小龜仔自此告別同伴，成為我們家的嬌客，被奉為上賓般照顧，住在一個比牠體積還大數十倍的長方形水族缸裡，我們為牠精心布置了悠游婀娜的水草、假山、浮石、紅色拱橋，造景有如江南園林。當然為了防止小龜仔溺斃，水的控制與魚缸的清潔也十分重要，要露出淺灘，讓牠可以曬曬背，以免長期浸泡在水中，皮膚生病了！

後來號稱五星級小龜仔的豪宅就座落在客廳的落地窗邊，窗外是我親手種植的奼紫嫣紅，有時光影篩過葉隙，一片綠蔭榮滋，閃爍的金光正好折射在小龜仔伸展四肢的優雅體態上，形成一幅靜美的畫面。

先前水族館的人在我們結帳時叮嚀說：「要保持水族缸及水的乾淨，要用刷子刷洗，包括裡頭所有擺放的的物品，還有要幫烏龜刷背喲，不然牠的龜殼會長出青苔，最好連腹部也刷一刷。餵食呢？要用烏龜專用飼料，偶爾可搭配些許切成細絲的青菜、胡蘿蔔……等。」

於是，本為取悅小兒的小龜仔，成為我們三人每日殷勤服侍的主人。

日復一日，年復一年，小龜仔儼然已成為大龜仔，比手掌還大了，要刷洗時更不容易抓住了，常常滑溜地從掌心鬆脫，摔至地面，口中驚呼一聲，心中卻了無憐惜之意了。

今年暑假過後，兒子即將離家北上唸書。某天，他在幫小龜仔刷背時，突然有感而發地說：「幫小龜仔刷背那麼多年，牠跟我們好像還是沒有感情唷……。」於是有違道德教條的抉擇便邪惡地冒出尖尖的稜角，不斷地催眠說服：換個環境，對我們和小龜仔都是最好的決定。

就在暮色籠罩的夜晚，圖書館已閉館，我們躡手躡腳地把小龜仔放入十二生肖池，出乎意料地牠頭也不回迅速鑽入池中，似乎找到牠曳尾於塗的快樂。

在剎那間，我心底不禁要問：到底小龜仔在豪宅水族缸多年的歲月開心嗎？牠對我們產生過某種眷戀不捨的情感嗎？

後來，又多次經過圖書館生肖池，我發現我根本無法指認哪一隻才是我們曾經豢養過的小龜仔了……。

本文原刊於《中華日報》副刊二〇一八年十二月九日

昆蟲情緣

擎兒從小班開始，經兒童心智科醫師評估為感覺統合不佳及肌肉張力不足，建議作復建加強外，更叮嚀我們要多多訓練孩子體力，於是我與外子就約了好友家庭每逢假日就至近郊山上爬山健行，沒想到，竟開啟一段他與昆蟲相遇的一段奇緣，而且至今已經一百七十五公分唸國二的他還與蟲蟲繼續糾纏不清……。

首先是在爬山過程中發現一種甲蟲，牠的圓形翅鞘是橙褐色如小提琴琴身般光亮、美豔，在這海拔近一千五百公尺的秋天山上，山坡地遍植著柑橘樹，似乎特別適合牠的生長，同行的小朋友因經驗豐富，馬上專業的喊出「紅圓翅鍬形蟲」，因為秋天正是牠的繁殖期，所以在路上三不五時就可以發現牠的蹤跡。擎兒本因腳力不夠不願往上，但是一看到這奇特而美麗的甲蟲，目光不知不覺被吸引，並抓在樹枝上仔細觀賞，也忘了山路的崎嶇辛苦。

後來，每隔一段時間上山，才發現不同季節，不同的甲蟲會輪流登場，同時牠們喜歡吸食的樹液也不同，甚至同一區同一種樹，一大批也只吸食同一棵樹，好像那一棵樹的汁液特別香甜，有一次就看到一整群的紅圓翅鍬形蟲高踞在一棵光臘樹上吸食樹液，煞是壯觀。在入春之後，也經常發現一種身形扁平、頭上有一對鋸齒狀大顎的鐵甲武士，看圖鑑後才知道是被人暱稱為「阿扁鍬」的扁鍬形蟲，有時就出沒在柑橘園的水溝旁，每次發現都是一陣驚呼，而且「阿扁鍬」大細漢差很大，迷你的如小指指甲大小，大一點公的可以長約七公分左右。此外，有一種翅鞘呈現光滑黑亮的鍬形蟲，第一次看到以為是大型扁鍬，後來被小朋友們糾正：「阿姨，這是鬼豔鍬形蟲！」酷！名字取得真貼切，體色如黑色鏡面般光亮，頭部上面的大顎內部呈鋸齒狀，感覺戰鬥力超強！

還有聽朋友說在五、六月時離家約二十分鐘車程的高峰植物園晚上常有成群的獨角仙出來吸食樹液或腐果，所以一家三口又趁著月黑風高帶著手電筒殺去植物園，園內一片闃黑，只有入口處的幾盞路燈微亮，偶而更遠處還會傳來幾聲犬吠，按照友人的指示往最左邊的階梯拾級而上，便可見夜間出來覓食、求偶的獨角仙，果然，按圖索驥在階梯附近的幾棵光臘樹上見到頭上有壯觀觭角的雄獨角仙，牠們攀附在樹幹上大快朵頤地吮吸樹汁，有時搧動一下笨重的鞘翅，完全無視夜間闖入的我們。

有一陣子許多小朋友很風靡甲蟲卡，圖卡上面的甲蟲分成不同等級的戰鬥力，我看許多小朋友耗費許多時間、金錢在遊戲臺上，實在覺得很惋惜，因為如果你真的看過實體的甲蟲打架，你絕對不會對虛擬的甲蟲卡感到有興趣。小兒後來也迷上了採集、飼養甲蟲這件事，於是家中的昆蟲箱愈來愈多，他所布置的擬態環境也愈來愈逼真，餵食的食物從一、兩塊吃剩的西瓜、蘋果，到甲蟲專用的果凍（還有分香蕉、黑糖、乳酸口味，任「蟲」挑選），當然家中客廳淪為昆蟲展示區，每一箱都有嬌客，也經常上演「蟲蟲失蹤記」，牠們利用夜晚以觭角撞開昆蟲箱上蓋，飛出來蹓躂，爺爺通常是第一個起床到客廳的人，往往在沙發上、地板上、桌面上與這些「夜不歸營」的蟲蟲們相遇，驚呼聲所在難免！也發生過幾次永遠失去蟲蹤的紀錄，真的遍尋不著，令人不禁懷疑這些蟲子會土遁、地遁之術！當然經常上演的還有活生生的「甲蟲擂臺」，剛開始不知道，以為同種類會相親相愛，但「以大欺小」的情形在蟲的世界是必然的，更遑論不同種類的關在一起。有一次朋友送給小兒一隻兩點鋸鍬形蟲，因昆蟲箱不夠，所以就和一隻獨角仙先關在一起，沒想到隔天開箱一看，獨角仙安然無恙還很悠閒的吸蘋果，但兩點鋸鍬形蟲早已命喪黃泉，被夾斷成兩截，才知道獨角仙雄蟲能拉動比自己重十倍的東西，打架的方式則是把牠的犄角插到對方的腹部下面，然後高高舉起，使對方飛出去，而偏偏兩點鋸鍬形蟲是一個喜歡挑釁別人的傢伙，所以悲劇就發生了！

隨著飼養經驗愈來愈豐富，小兒還讓一對鬼豔成功配對繁殖產卵，哇，怎知在土裡將近四十顆比白芝麻還大一點的球形卵，正是新生命的起點，看似平凡無奇的小點，居然充滿奇異的驚嘆！當天晚上，我們好忙，忙著將這些寶貝蟲子蟲孫一一分裝至方形塑膠盒中，準備分送同事小孩，因為家裡實在無法再瓜瓞綿延下去了！

有一次看到擎兒學校聯絡簿上的小日記上寫著：「……看著蟲蟲們開心的啃果凍，我心裡就開始溫暖了起來，但是一想到牠們的生命從卵、幼蟲、蛹、成蟲，接著產完卵不久就接近死亡了，我就有說不出的遺憾。蟲蟲們的一生很短暫，唯一的使命就是傳宗接代……」讀來為之動容，對生命「自何處來，又要往何處去」的巨大困惑，在一個小孩的眼中，是如此充滿悲憫。所以已升上國二的他要做科展，毫不猶豫地選擇「鍬形蟲」為主題，我可以預見，他與蟲蟲又要締造另一段纏綿的情緣了！

蝶語

年少時乍讀「莊周夢蝶」，立刻為其高妙華美的想像而驚豔不已。在人類平凡軀殼的背側長出色彩斑斕的雙翼，只要輕輕搧著，就可以翩飛翺翔、馮虛御風，一鼓動，風便在耳側流洩而過。彷彿擁有那對輕盈的翅膀，便可羽化登仙，蹁躚起舞！醒時有吮吸不完的芳香蜜源，甜甜膩膩，倦了斂起羽翼酣睡花叢。此時的人生思想裝載著逸樂與滿足。根本不想當振翅凌霄、飛揚跋扈的鷹，總覺那樣的傲岸太辛苦。

後來再讀到許多有關莊子思想的詮解，認為莊子將宇宙間形上、形下，人世間的內外界、物我、人己的分際界線，透過通透的直覺，化為「天地與我並生，而萬物與我為一」的混沌整體，這樣的思想高度，將我從年少的驚豔狂想拉到壁立千仞，並為其思想的潭深千尺感到咋舌詫異！更妙的是看到莊子〈外篇〉〈至樂〉

中，有一段對宇宙生命轉化的描寫：

……種有幾，得水則為㡭，得水土之際則為蛙蠙之衣，生於陵屯則為陵舄，陵舄得鬱棲則為烏足，烏足之根為蠐螬，其葉為蝴蝶。蝴蝶胥也化而為蟲，生於灶下，其狀若脫，其名為鴝掇……

在莊子的時代並未有生態學，然而他所觀照的宇宙系統，所有生命都是循環不息的，物種從微小的生物開始，演化為細草、青苔，由植物而動物，由動物而人類，人死了，又化為微生物。所以原本「周與蝴蝶，則必有分」，然而在大生命的前提下，二者雖有差別，卻是可以互相轉化的。

渺小的我從未體察過這樣的物我齊一，還有宇宙大化的總體等等，每日只是因循前一日的步伐，轉動著混混沌沌的單調人生，也真的過著餓了吃、睏了睡、渴了飲的貧乏韶華，把年少時的華美虛無縹緲漸漸拋擲成平淡無奇的現實日常。

某個星期天上午，依舊是平淡無奇，和擎兒到清華大學後山散步，相思湖上的白鵝在水邊引吭高歌，粗啞的嗓子嘎嘎作響，小小的船屋任由微風東飄西蕩，陽光靜好，光線粒子好像被雲層篩過般勻稱地灑在翠綠的樹葉上，葉面的脈絡清晰可見，蠟質的葉表被光線折射後顯得油亮細滑，有絲綢般的質感，湖面上粼粼的水波被風吹褶成魚鱗狀的細紋，應該是有魚潛藏在湖底的，但總不見魚蹤，只有湖面不時冒出的氣泡是魚存在的暗號。後山的相思湖不比前校門的成功湖，幽靜許多，成功湖往往遊客如織，裡頭的錦鯉是不怕人的，反倒是一聽見人的腳步聲接近便嘩啦嘩啦，你推我擠搶奪麵包殘屑，絲毫沒有謙讓、相濡以沫的意思。所以整片後山相形之下便有了「造化鍾毓秀」之氣，不管是從體育館走來，或是從梅園拾階而下，更遠一點從前校門或者南校門走來，總有一點尋幽訪勝的意味。

擎兒小學三年級，總是發現草叢中蹦蹦跳跳的蚱蜢或蟋蟀，還有盤旋偽裝成樹枝的攀木蜥蜴，也喜歡在夏天的尾巴撿蟬蛻，我跟他說：「這些蟬蛻可以做中藥喔。」他滿臉狐疑。有一次他撿了一整盒的蟬蛻說要賣給中藥行，我被逼得不得已，只好涎著臉、諂著笑和他拿著那一盒子的蟬蛻進到中藥行，老闆說：「太少了，下次要撿多一點再拿來，而且要先洗過，不然會有泥土，還有蟬腳和鬚鬚也要先剪掉。」後來老闆秤了秤蟬蛻，拿了幾包仙楂糖給小兒，算是完成這筆交易，小兒喜孜孜地離開，我則千恩萬謝地汗顏想趕快逃離現場。

小孩的步伐是輕巧的風火輪，高亢的嗓音特別嘹亮，他大叫：「有蝴蝶，好大隻！」這一喊彷彿有哪吒鬧海撒野的氣勢，整座相思湖也從寧靜中驚醒，蝴蝶的羽翅急急鼓動，倉惶逃離，小兒則邁開風火輪，亟欲追捕，紅黑相間的美麗倩影頓時消失在隱密的深林中，徒留瞳眸中的悵惘。繼續往前走，不經意間，又有一隻、兩隻、三隻，從深密的樹林間輕巧逸出，帶著隱士的神祕色彩，紅黑、黑紫、青黑、橘紅的光澤充滿奇異的誘惑，目光被牢牢牽引且定格，整座山只剩人與蝶的凝視對望，此時就像武陵人忽逢桃花林，谿深幾許並不知，也不想理會，只想一窮蝶隱深處。

果然，再往山上走約一百公尺，蝴蝶紛紛飛進一個園子裡，當然，也有幾隻飛出來，牠們密而不宣，彷彿有神諭般，引領我們來到這優勝美地，旁邊有木製的告示牌：「清華蝴蝶園」，就如〈桃花源記〉所描寫的那樣：「山有小口，彷彿若有光。……初極狹，才通人。」剎那之間，內心驚嘆悸動，何時有這樣的園子？何時有這樣的牌子？有很長一段時間未至後山，靜謐的天地間居然起了如此美麗的挪移震顫，蝶影處處，所有自然瑰麗的顏料都染在蝴蝶的翅膀上，每一塊色澤都調節得恰到好處，和諧而不衝突，而且這些分布在羽翼上的斑點也成為不同蝶群間辨識的密碼。

進了園子，無心而入的武陵人認識了桃花源中的人，清大中文系方聖平教授是蝴蝶園最初始的構想者，她的腦海中有一張「清華生態後花園」的藍圖，以蝴蝶園為中心打造一座生態池，讓潺潺水流孕育各種蜻蜓及蛙類，周邊陸生植物環狀生長，讓整座水池能與蝴蝶園相映成趣、呵成一氣。

三年前，一樣是尋常無奇的某一天，方教授在清華人社院後方山坡散步時發現蝴蝶的蹤影後，心中燃起闢建蝴蝶園的熱情，從此一頭栽入蝴蝶園的復育工作。就好像是另類的「蝴蝶效應」，一隻蝴蝶在方教授眼前鼓動羽翼，引起她內心的一場大風暴，然而篳路藍縷的旅程才要開始。

很難想像這裡曾是一片荒煙蔓草，處處蓁莽荒穢，一塊被棄置於清大人社院後頭的畸零地。有點像柳宗元寫的〈鈷鉧潭西小丘記〉中的西小丘，被人遺忘在僻靜的角落，然而經過剷刈穢草，伐去惡木後，一塊美地即顯露出它赤純的童顏，彷彿是某種靈明的神諭般，這裡慢慢示現著造化混沌初始時的素樸，方教授及一群熱心義工為之命名為「清華蝴蝶園」。

而我和小兒也因蝴蝶羽翼的牽引，不知不覺認識並參與另一種生命形式存在的美好與神祕。參與蝴蝶園義工一切都必須歸零，以往不管青紅皂白，一見蝴蝶，就大喊「蝴蝶」，其實這是非常籠統而含糊的稱呼，就像我們會叫出我們認識的人的名字般，是一種熟稔與默契。重新學習，亦是從心學習，與蝶為友，就必須直呼其名諱，否則太不夠PRO了。

然而生命形態的變化實在令人目不暇給，怎知葉片上幾顆比白芝麻、黑芝麻、米粒還小的點，正是新生命的起點，看似平凡無奇的小點，在放大鏡下居然充滿奇異的驚嘆！鳳蝶的卵球形，光滑晶瑩，有些呈現翡翠綠的質地，有些呈現珍珠般的圓膩，有些外表粗糙感覺裹著一層糖衣；而斑蝶的卵則是胖胖短短的砲彈形，表面還具有手榴彈般縱稜紋路；小灰蝶的卵體型微小（直徑小於一毫米），扁圓形，表面布滿細密的鏤刻花紋，像一只雕刻精緻的核果；挵蝶的卵呈半球形或山丘形，表面光滑，有些亦具有許多縱稜，看起來顏色豔麗如各種口味的冰淇淋……種種等等，不一而足，就如英國詩人威廉．布萊克（William Blake）的四行詩：

一沙一世界，一花一天堂，雙手握無限，剎那成永恆

一粒沙、一朵花、一顆蝶卵……，都得以一觀浩瀚的天地，體會物我關係和時空的綿亙，微觀的細小外物皆蘊含具體而微的宇宙形象，甚至潛藏在蝶卵中生命的躍動，也重新啟發我去思索與自然及造物者之間的關係。

蝶卵的變化已夠令人驚嘆，更遑論幼蟲與蛹，對我與擎兒而言，這已經是一個異世界，家裡開始多了許多各種版本的蝴蝶圖鑑，還有蝴蝶食草與蜜源植物等，慢慢地浸潤在蝴蝶充滿變化的日子裡，星期六、日早上則到清華蝴蝶園內拔草、澆水，有時修剪枝葉，有時栽種蝴蝶食草與蜜源植物，如同連鎖反應一般，我們由認識蝴蝶走入植物世界，處處留心都是天地間的大塊文章，而且愈來愈認識自身的渺小與無知，從前總覺蛾與蝶是同一類，也將毛毛蟲歸類為可怕、不可碰觸會引起過

敏的謝絕往來戶，但是後來才發現蝴蝶的幼蟲是可放在手掌上觀察，甚至放在臉頰上讓牠緩緩蠕動爬行亦可，真正會引起過敏的是毒蛾的纖毛。

在園區內當義工，除了發現新事物的樂趣外，當然有許多的辛苦，草永遠除不完，夏日酷暑炎熱難當，又需頭戴遮陽帽，手著袖套、棉布手套，腳穿雨鞋，有時亦不免植物的棘刺扎手，惡蚊、毒蛾的侵擾，或者人面蜘蛛從天而降，嚇你一大跳，或者在較陰溼的月桃葉上，突然與臺北樹蛙四目相對，一時之間既驚喜又錯愕，而牠也不跳開，就趴在那睜大清亮無辜的雙眼看著妳。蟋蟀、螞蟻、蚱蜢、竹節蟲都會在不經意間於眼前亂竄，這是一個時有驚喜的自然世界，也從中了解佛家《淨名經》所言：「須彌納芥子，芥子藏須彌。」的道理，往往以人為中心活得太窄仄，內心謙遜虛靜才可能含納萬物，同時發現自身以外的寰宇遼夐，理解屬於它物的生存邏輯。美國自然教育學家約瑟夫·柯內爾有一首詩《空中之鳥》：

空中的飛鳥是我兄弟

野花是我姊妹

樹木是我的朋友
所有的生物、山丘和流水，
我都要好好照顧
因為這綠色的大地是我們的母親
藏在天空後面的是她的心靈
我與大地的一切共一生命
我的愛及於一切
我的愛及於一切

他對大自然萬物關係的詮釋恰若密不可分的家人，這在擎兒身上我充分體會，小孩子的心純真易感動，對自然生物的呵護之情有時更勝過大人，他會為早夭的幼蟲而傷心，也為未能及時羽化而變黑死去的蛹哭泣，接著把牠們埋葬在花園裡，但更多時候是我們共同見證生命孕育過程的美與奧義。在蝴蝶園當義工的日子愈長，家裡前庭花園的蝴蝶食草及蜜源植物也愈來愈多，因為方教授鼓勵我們種蝴蝶的食草來「招蜂引蝶」，果然買了幾株香水檸檬，黑鳳蝶即來產卵，密密麻麻，卵孵化出的幼蟲把香水檸檬啃成禿頭，而幼蟲也的確「一暝大一寸」，擎兒聯絡簿上的小日記上寫著：「……看牠們開心的啃呀啃的，我心裡就開始溫暖起來，但是一想到牠們的生命從幼蟲、蛹、成蝶，接著產完卵不久就接近死亡了，我就有說不出的難過。蝴蝶的一生很短暫，唯一的使命就是傳宗接代……」讀來為之動容，對生命「自何處來，又要往何處去」的巨大困惑，在一個小孩的眼中，卻如此直白通透，又如此充滿悲憫。

世間的情感有千萬種，也會隨著生命的成熟度不斷蛻變，自己年少時展讀莊周夢蝶：「不知周之夢為蝴蝶與？蝴蝶之夢為周與？」是耽溺在高妙華美的想像，是虛幻的；而真正在清華蝴蝶園經歷了一番，認知到蝴蝶化蛹前奮力蛻掉一層皮的剎那，生命是如此地充滿張力與韌性：看蠕動的幼蟲結成蛹，生命看似靜止，似生似死，繼而，蛹又羽化成蝶，再度迎來光鮮璀璨。或許莊周選擇與蝶共變、互變，並非偶然，而是他體察到勇敢衝出寧靜的蝶，所帶給生命無涯繽紛的擾動之美吧！

雛鳥離巢

手機群組中，朋友傳來一部短片，一對五色鳥夫妻，辛勤來回哺育一窩幼雛，一趟趟叼著小蟲送進張著大口的小鳥嘴裡，約莫二十來天，雛鳥羽翼漸豐，也一次次練習離巢飛翔。終於，有一天當鳥媽媽叼著蟲子回來時，那些小鳥都已離巢，只留下鳥媽媽望著空蕩蕩的鳥窩哀鳴啁啾，好不淒愴！

九月初，滿十八歲的兒子興高采烈地準備要北上念大學住宿的用品，從床墊、枕頭、涼被……，生活之所需一應俱全，還反覆對照清單，深恐遺漏了什麼。我和外子忙上忙下，將一袋袋、一箱箱打包好的物品上車，休旅車填塞了大大小小的物品，頓時顯得擁擠。

兒子本來不希望我一起前去，怕被別人譏笑是爸寶、媽寶，但我堅持要看看他的宿舍環境，我說我可以幫忙拎行李、也可幫忙東西定位，終於他頗為勉強答應了。

距離雖不遠，但隨著搬遷的時間愈靠近，我心上繫著的那根線也彷彿愈拉愈緊，多不想放手讓風箏飛，就讓它停留在自己安全的臂彎吧！就讓他永遠在自己的視線之內吧！

其實，兒子未必明白，我堅持要一同前去的理由是——捨不得。捨不得從小呵護著的幼雛要飛出去獨立生活；捨不得在眼前晃來晃去喜歡跟妳聊學校事情的小孩突然要離家了；捨不得一回家就跟妳喊肚子餓的小孩，就要在另一個城市生活了。

後來，我逐漸了解，原來父母、子女的關係，不是永久的佔有，而是懂得「斷捨離」。親子之間的緣份是天地間最難得的一場殊遇：在孩子年幼時，父母的愛織成一張綿密的網，給予孩子無垠的溫暖與親密感，讓他在愛的氛圍中成長與學會愛人；而孩子長大了，父母也要學習適時的退場，讓孩子獨立面對前方的人生。全心全意無悔的付出和每一階段的放手分離，都是父母在孩子身上必須完成的課題。

回想自己十八歲北上念大學時，心情之雀躍比起兒子此刻更有過之而無不及，一心只想往外飛，外面的天空多麼湛藍、外面的世界多麼新奇，我何嘗看見父母眼底的不捨，體察父母內心的掛念。

原來，天地間萬事萬物的輪迴，都是如此周而復始的：孩子成長、父母老去，成、住、壞、空的循環往復，本來就是亙古不變的法則。只是時間推移的腳步如此輕悄，讓人忘記它是不斷往前奔流的。

我知道：再多的不捨，仍需放手，讓羽翼豐滿的鳥兒，振翅高飛，飛向遼敻的蒼穹！而這也是父母曾經給我的自由！

卷三

繽紛集

生活中的浮光掠影　每一刻的哲思時光
都綴集成無與倫比的繽紛璀璨
即使有悲傷的眼淚
那都是生命焠煉出的結晶

風之密語

彷彿時光凍結在某個古老年代，氤氳的晨熹讓城鎮從慵懶中甦醒，街上的店招框著過往的陳跡，如一張張古老斑駁的照片努力訴說歷史的輝煌。街道最東邊巴洛克式的車站俯瞰人間，而風川流不息……。

孩提時的我躡手躡腳地爬上車站的長條椅，選了一個最佳的觀景窗，手裡捧著甜膩溫熱的厚燒餅，大口大口地咬著，一面機警地四下逡巡。車站已過了上班的尖峰時間，疏疏落落的幾個老人正佝僂著背緩緩地走向候車室，揣在喉間的濃濃黃痰，咳咳喀喀一聲一聲飛落，這是他們慣常的開場白。小孩們認真溜著雙眼，一隻手死命地絞著阿公或阿嬤的手，另一隻手則抓緊被舔成薄薄一片的酸梅麥芽棒棒糖，那顆晶亮的紅酸梅彷彿正要從潤澤的琉璃裡掉出來。

就在盔甲式的鐘塔走到十點十分微笑表情時，那個飛俠阿達（這是我們私下為他取的綽號）總是準時出現，他不論晴雨都穿著黃色達興牌雨衣，腳上一雙破舊穿孔的步鞋，拿著掃把在火車站前來來回回地掃地，睏了就倒在長條椅上睡，他那張臉永遠停格在我幼稺印象裡，大約一百五十公分的身影，黝黑深沈空洞的臉龐永遠嵌著沒有表情的表情，連看他牽動一下嘴角也不曾，出現時總是專注地掃地。

久了以後，你會認為阿達這幅動態布景是車站不可或缺的，在那挑高磚木結構的候車大廳中，人群的流動就像按時過境的候鳥，沒有人是永遠地鵠立守候。阿達卻像是一位故人似地，永遠在一個定點等你。雖然大人常常告誡小孩，離那「起肖的」遠一點，可是根據我的觀察，往往是阿達被欺負的時候多，大人常常莫名其妙地斥喝阿達離開，或者以鋁罐、垃圾往他身上扔擲，使我對阿達備感同情，可是這並不是意味著我很樂意親近他，恆常我還是固執地用眼睛當底片，保持攝影者與被攝者的一定距離，用適當的快門與光圈紀錄瞳孔印象。阿達的世界充滿神祕詭異的語言邏輯，並且具有挑戰冒險的樂趣，好像只要一組通關密碼，亂石磊磊的大門就可打開，裡面有富麗堂皇一千零一夜的故事與寶藏，我就曾經小聲地探問母親：

「他怎麼變成這樣？他的家人呢？」母親馬上回說：「囝仔人有耳無嘴……」冷峻的封鎖一個故事可能的千百種想像，而我低頭默想阿達的身世，終究是斷簡殘篇，如散了一地拼圖。

我亟欲穿越生命紀錄的軌跡，一一拆解閱讀屬於我與城鎮的歷史密碼。時空坐標縱向、橫向迤邐展延成悠長的隧道，穿梭其間的片瓦印象，都像太空中的隕石，驚動視神經，於是流星在眼眸閃爍，而風依舊在耳際川流不息……。

剛學會騎腳踏車的那年暑假，正準備上國一。我彷彿長了翅膀，雙腳用力踩踏奔馳，轉瞬即羽化成翩翩飛躚的蝴蝶，可以探尋離家更遠的蜜源。午飯後大人都要悠閒地午寐，我都假裝閉眼，等祖母鼾聲響起，「ㄅㄚㄅㄨ！ㄅㄚㄅㄨ！」一聲忽遠忽近的招魂，我馬上以手指用力摳出小豬撲滿的零錢，跨上鐵馬吆喝著幾個死黨，尋覓夏日清涼的蹤跡。一邊用手迅速地將ㄅㄚㄅㄨ往嘴裡送，另一隻手還忙著向同伴們筆劃著前路，吃完了ㄅㄚㄅㄨ，再到火車站附近吃刨冰，那時正流行「無限量取用，吃不完要罰錢」的花樣，那冰塊的滋味含在口中至今都尚未被聖嬰的酷暑溶化。在那個夏天，我真的以為自己是一個大人了，享有自由奔馳的權利，如一匹脫韁的野馬，開拓青草延綿無限的版圖。

照例是蟬聲唧唧，我順著鐘塔的六點鐘方向往北走，前往城鎮的天主堂補習「a、e、i、o、u」，當時最流行且必學的K.K.音標，滿臉白鬍鬚的義大利籍神父守在門口，用怪腔怪調的國語跟你說：「你好！神愛你！」，有點光怪陸離、荒腔走板的味道，想像他是一位清朝末年苦行傳教的修道士，希望每個人都能垂聽到神的旨意。教室原是作禮拜可容納一、兩百人的地方，彩繪玻璃的紅、藍、綠、黃遮住了外面亮晃的天光，圈出一片曖昧的打盹氛圍，聖經中馬太福音的故事一幅一幅成為夢中的畫片，瑪莉亞與耶穌聖潔地注視俯趴在桌面上的我。

完成每天必要的救贖後，死黨提議去對街轉角一家新開的自助冰店吃冰，冰店緊鄰一家非常老舊的婦產科，招牌上的鍍金早已被氧化剝蝕，露出深褐色的鏽澤，往裡面張望一片闃黑，窗櫺上的陽光趁隙灑在幾個玻璃器皿上，樣子像是實驗室作標本的玻璃罐，福馬林中載沈載浮著嬰兒胚胎，就這麼驚鴻一瞥，陽光倏地隱退，那些尚未發育完全的胚胎像是變形的海馬，以匍匐的姿勢泅泳著。在那裡有數個，不，可能是數百個無法超脫的靈魂被冷冷地禁錮，我倒抽了一口氣，直打冷顫，然而那股魑魅陰森的氛圍，讓這家老舊的婦產科變成一幢鬼屋，夜裡，那些殘缺不全的面孔與肢體，常向我哀求討一片溫暖，之後，我始終視其為禁地、記憶的夢魇。

從記憶的困蹇中匍匐，找到時光隧道的出入口，鏡頭框框裡的畫面不斷播放流轉，我和失散已久的自己重逢。記憶往覆反芻那年夏天教堂的混沌天光和一片嬰靈的哀嚎，胃部一陣痙攣，吐出一口酸水。而風兀自川流不息，並且竊竊私語⋯⋯。

初經的乍到，證明童年的遠去，尷尬的青春期融合著對身體變化的自卑，彷彿內在的自我住著一個拒絕長大的侏儒，我變得有些駝背，以某種可笑的姿態對抗含苞的青春。那時，補習數學都得經過城鎮最熱鬧的中山路，那裡有夜夜笙歌、喝酒划拳的紅男綠女，幾間比鄰的酒家，店招霓虹燈閃爍著過氣的胭脂風華，那些大人口中的「賺食查某」穿著低胸露背開高叉的旗袍周旋於眾男客之間，我每每窘迫侷促不安地經過，然而又禁不住想往裡頭窺探，嗆鼻的酒味、濃重而廉價的香水刺激著鼻翼，混合著新樂園的香煙繚繞。我往往聯想到世紀末的頹廢與荒涼，還有天主堂那個滿臉白鬍鬚的義籍神父，正經八百地說著「天國近了」的聖經預言，那個令人無法近距離逼視的永生樂園，而在我的心靈認知中，永生即等於永劫不復。

有一次，晚上九點半補習完下課，我又得經過那塊燈紅酒綠的區域，一名粗壯的男客，喝醉酒漲成紅紫的臉龐如肉攤上掙擰的豬肝，他用力扭轉著一位年輕酒國小姐的手臂，齟齬間隱約聽到是在為錢爭執，我正想快速離去卻又忍不住窺探的欲望，回頭瞥見那名約莫十八、九歲女子有些脫粧的臉上，有一雙含著怨怒又委屈的眼睛，夜色中，即使我已走遠，那眼神依如一團篝火，在我背後熊熊地燃燒著，多年後，它仍灼痛我對青春早夭殤逝的心。

小城一直守候愛情的初萌與早殤，並且將它鐫刻成墓誌銘，時時在風中低誦憑弔，吟哦成一首愛情的誄詞。

盛夏，一切情事正如池邊粉紅睡荷。遇見一位非常年輕的生物實習老師，國中一年級的我對他不知不覺產生某種奇異的嚮慕，他帶著我們幾個同學到蓮花池作實察，紀錄池中動植物生態之類的，盛夏溽暑，田田荷葉送來涼風習習，老師的金邊鏡框在太陽光底下折射出絢爛的七彩，兩排整齊的牙齒咧得好開，陽光灑在背上，整個人發燙起來，他手裡捧著一大把盛開的粉紅夏荷向我走來，他問：「要不要游泳？」我們在淺淺的水塘，泅泳滑行，他的氣息就在咫尺之間，他的厚掌拉住我的手臂，我們穿梭在層層疊疊的蓮葉間，像彼此追逐的愛侶，光束自綠色的縫隙中篩下，耳邊鼓脹著夏日的薰風，鼻息吞吐盡是甜膩的蓮香，我的腳突然被蔓生糾葛的蓮蒂纏繞住，無法前進，荷塘的池水逐漸漫漶，我張口呼喊老師的名字，他的圖像卻縹渺虛無似水墨畫裡的一縷輕煙，我在急喘中載沈載浮，幾至沒頂，心急卻一點辦法也沒有，池水濡濕衣裳，夢裡醒來一身汗水淋漓……。

有人說：「成長是幻滅的開始」，之於我而言，成長是記憶遺忘、遺忘記憶的過程。雖有日記企圖封存過往的足印，然成年後，我卻常常搬家，日記與屋宅俱成記憶的墓塚，而風卻像舊日的鬼魂，前來尋覓它潦草不堪的前世。

上大學後，對小城保持著若即若離的態度，回家的次數用手指數得出來，漸漸的小城好像變成地圖上的一個地名，每回出入車站總是平添許多傷心事。

阿嬤在一場車禍中驟逝的那天，正好是農曆三月二十三日媽祖生，漫天綿密的春雨籠罩整個城鎮，我從車站出來，忽聞鐘鼓齊發，笙、嗩吶、銅鈸震耳欲聾，鞭炮聲揚起了席天捲地的碎屑，是媽祖婆遶境出巡的時辰，隨著高亢的鑼鼓鳴聲、彩旗布傘旋轉著婆娑曼妙身影，信徒們的祝禱彷彿直達天聽，我穿梭在人陣、車陣間，再熟悉不過的街道，突然變成一個圍城，熊熊烈火燒著堆垛排開的金紙，火焰幾乎蒸發了稠密的春雨，小城沸沸揚揚，亢奮到極點，我迷路了，在一支彩旗布傘底下……。

傘下，阿嬤牽著我和弟弟的手，身軀匍匐，跪在地上，讓一座座神轎從眼前掠過，我偷偷抬起頭瞄見那些轎夫結實黝黑的臂膀，隨著步伐節奏巍巍顫動的肌肉，緊接在後的景象更讓我驚心駭目，乩童們以細長銅針刺穿雙頰，有的用狼牙棒、鯊魚劍猛敲背脊，有的丟擲刺球弓背接迎，或是用七星寶劍當面劈下，有的在炙燙的炭火下赤腳奔竄，紅色的血絲混雜著汗液，在他們背上形成了一條條不規則的涓涓細流。

我緊握阿嬤的手，汗水濡濕了掌心，而她的手如此冰冷……。

我必須掘墳盜墓，尋找一張關於家鄉與記憶的寶圖，然後建構整個童年記憶的現場，就像捷克鋼琴家德弗札克（Dvorak,A.）以「念故鄉」（新世界交響曲第一樂章）呼喚波西米亞，那個記憶與血緣的原鄉。我的右腦額葉亦深刻著一張年輪地圖，記載城鎮與我的所有心事，而風是最好的見證。

聽說飛俠阿達不再掃地了，他躺臥於鐵軌，聆聽每一班火車離站時的嗚嗚汽笛，作城鎮車站永遠的公僕。我多麼希望他還在掃地，而不是聽聞他那執著的靈魂永遠離開人間了……。

候車室的觀景窗是如此窄仄，我已忘記兒時的高度。搭了夜間末班火車，踅身進入候車室，挑高磚木結構的候車大聽依舊有著往日的溫度，然而鮮豔俗傖的廣告看板與環伺周遭的商業契機正與時俱進，新與舊，狂者與狷者，在很多時候我必須在蒼茫的暮色中走進車站，才能稍稍釋懷釐清自己的時空錯置，也才能真正回憶起一座城市的身世。在臺北若干年，往往看到伯朗咖啡廣告片中的家鄉火車站，才驚覺「故鄉」似乎變成「他鄉」，並且油然生出「少小離家」的欷歔感嘆。放下手中行李，選擇當年的位置，憑窗嗅一口童年的氣味，剛起鍋的甜燒餅以及滿懷的零食點心⋯⋯，當然還有阿達。一切超乎時空而真實存在著，我還看見那個憑窗而坐的年幼身影，眼底盡是浮雲、飛鳥與快速奔馳的列車⋯⋯。回憶，就如一滴水倏地掉進一口深井，水花濺起，漾起層層圈圈的漣漪，我努力撐著模糊迷離的雙眼，看到兒時的畫面正向我走來⋯⋯。

在臺北求學工作，有一段時間總愛聽舒伯特（Schubert,f.）的「菩提樹」（冬之旅中的第五曲），歌詞內容緩緩敘述一個羈旅在外的青年，回憶當年在家鄉菩提樹下，憧憬未來美夢的情景，而今卻四處飄零，不覺悲從中來⋯⋯。

記憶中的風，常以強悍的姿態，衝破千山萬水，宣示擁有一片領土，它隨時進出大腦邊緣系統，刻鑿更深的印痕，讓訊息符碼不斷傳導複製，於是恐懼、憤怒、哀傷、歡喜、熱情等物質，便隨風不停歇地汩汩流動……。

我決定將小城視作一條河流，用它沈澱日益豐實的生命礦藏，就如遠藤周作在《深河》中所描寫的印度恆河，包容新生與髒穢：「河流接受他的呼喚，仍默默地流著。在銀色的沈默中，具有某種力量……」

一則一則的密語，都是虛虛實實的夢幻泡影，如風、如露、亦如電，它們晝伏夜出，暫時蝸居於大腦額葉的皮質層，等我用哆嗦的手將他們敲打成嘆息的文字，讓記憶有了落腳處……。

本文榮獲二〇〇四竹塹文學獎散文類佳作

六三〇A手札

一切如常。

醫院的色調氣味，人及景物的表情千篇一律。佇立在醫院大廳角落的維納斯女神雕像，沒有眼珠的臉散發出無比空洞的迷惘，安靜地睇向裙裾底下恓恓惶惶的衮衮眾生。冬日下午的光線冷凝肅殺，緩緩地在冰涼的大理石地板挪移著，窗外的植栽被風輕輕吹拂，若隱若現搖曳著長長短短的斑駁光影。平日門庭若市熙來攘往的醫院大廳及診間，一到六、日都安靜下來了，只有間歇性刺耳的救護車鳴笛，才會揚起空氣中的一些擾動。

開春以來，算是暖冬吧，冷氣團似乎遠離這蕞爾小島，合歡山陽明山的瑞雪音訊全杳。但是醫院的白還是讓我想起空中輕輕飄落的六角形白色雪花，雪花無聲無息地將整個醫院覆蓋成沒有血色的蒼白。其實並沒有下雪，然而我卻感覺周遭溫度持續下降了，一陣哆嗦，外套加圍巾、手套也抵擋不了逐漸失溫的感覺，多年來進出醫院及手術房，我已太熟悉這種失溫及逐漸失去意識的感覺。所以清醒時特別眷戀任何殘存在身上的一點點暖意，那怕是病床上那條漿洗過無數遍或者覆蓋過無數肉身的淡橘色或淺綠色的薄涼被，都讓我真真切切嗅聞到重生或者死亡的氣味。

一切如常。也如夢幻泡影。泡影碎裂成無數斑斕光點。

醫院的光影一直都沒有變，只是人來人往，或生或老，或病或死，成住壞空在這裡每天都上演好幾齣。祖母車禍走的那一年，我十歲，第一次認識大醫院，居然是從它的太平間開始。穿過白色的迴廊，往地下室走，光線愈來愈委頓，好像逐漸被擴大的闃黯幽深吞噬，樓梯口也只留幾盞熒黃飄忽的小燈，路好像沒有盡頭，愈走愈深不見底，大人牽著我的手，我仍感覺到冷，醫院的冷氣一直都這麼強嗎？我還記得那天大人們一身縞素，從裡到外一逕地白，陽光被阻隔在牆外，大家都靜默地不言語，只剩踩踏樓梯的腳步聲及略顯急促的呼吸聲，不過是幾分鐘的時間，但卻好像永遠走不到盡頭……。

祖母從寒氣森森的冰櫃被推出來，大人叫我們小孩上前叫：「阿婆。」我和弟弟們趨前，原本被撞殘缺不全的臉已修復平整，只是整張臉毫無血色，呈現土黃黝深的色澤，面皮凹陷輕輕搭在頭顱骨上，雙眼似乎無法完全閉上微微張著，嘴脣輕啟，似乎仍想對人言語。小弟不敢看，而我忘記自己當下有沒有哭？只是那樣直視死亡，到現在我還記得那種肉身的頹圮與毀壞，不殘留一點點餘溫的荒涼。前一天妳還依偎在她身畔睡著了，也習慣撒潑似將整隻腿架在她肚子上，醒來時也還戀著那熟悉的體溫。而只是轉身一瞬，一個浪花浮沫，就消逝得無影無蹤，從此無受想行識，也無眼耳鼻舌身意，亦無色聲味觸法，更無意識界。

這次到醫院辦理住院報到手續是星期五下午一點半，正好是元宵節，醫院大廳只有疏疏落落的人在走動，連值班人員都少很多，沒有平日門診的擁擠，挑高的廊柱大廳頓顯冷清，畢竟年節期間大家還是諱疾忌醫的。倒是病床一位難求，有些出乎我意料之外，因為一直在等雙人的病房都等不到，最後護理長來電說三人房有空位，我馬上應允。帶著簡單的盥洗用具及換洗衣物，獨自搭車前往報到。

這次的手術，也真的是小事一樁，要拆卸多年前頭部手術時留下的一截外露的鐵絲線，我沒有讓爸媽及同事知道，甚至我告訴外子可以不用陪我，反正只需住兩

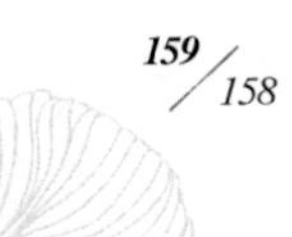

晚。外子還為要顧家中一老一小，所以我不希望勞煩他，但是他仍堅持手術當天要請假北上陪我，我執拗不過他，就順著他的意思吧！其實，往返進出醫院多次，看慣了色身無常，就如看慣了秋月春風，舉重若輕了。

但是想想真的舉重若輕了嗎？真的就如佛經所言的「大捨」——於一切有情無憎愛了嗎？

在時間之河逆溯，回到有點悠晃的多年前聖誕節前夕，醫院的落地窗已經悄悄噴上一棵棵白色聖誕樹，上頭聖誕老人與拉著雪橇的麋鹿在瑞雪中從天而降，報佳音的鈴噹在枝頭亂顫，Merry X'mas的字樣在雪花紛飛中跳舞，氣溫十度左右的清晨，我從醫院八樓往外望，窗外的街道還在冬眠。當時我的代號是8C03（C棟八樓三號房），懷孕七個多月，深深沈浸在即將為人母的喜悅中。但是左臉頰二次無故扭曲痙攣，讓我和外子懷著忐忑的心到大醫院做電腦斷層檢查，醫生告知我得到腦瘤的剎那，X光片上一塊陰影正齜牙咧嘴地肆虐著，一顆不定時炸彈正與生命在拉鋸拔河，而七個月大毫不知情的胎兒此時正在肚裡泅泳迴旋踢踏跳舞。在死亡的威脅與新生的期待二條緊緊纏絞的繩索裡，我與外子陷入痛苦掙扎的深淵。在驚惶無助之間，我們只能等待、相信與盼望，一面聽從配合醫生指示服藥，一面等待肚裡生命茁壯。

真的能「大捨」嗎？能捨一切有情嗎？

神經內科的醫生說：「這是一種發展很緩慢的神經細胞瘤（至於惡性的程度則需等病理切片），可以等孩子八個半月大時先剖腹生產，然後再切除腫瘤。」但神經外科醫生卻說：「妳要自己？還是要小孩？」

是捨自己？還是捨已成生命雛型具體而微的小孩？

剖腹產當天手術房的寒氣侵入每一個毛孔細胞，四周都是宰割生命的人，我赤裸著被固定在十字架上，這接引生命的過程，我為自己的袒裎感到驕傲。原本期待在產道的炙燙翻騰中體會生的歡欣與苦楚，體會原始母性的磅礴力量，而今這隱密的穴道卻廢而不用，由那些穿著白袍的生命主宰者揚起了刀，游刃於經脈、血網緊密交織的血泊中，接引希望。

我還在麻醉的效應裡迷走，卻耳聞前方有哭聲，我彷彿看見那個仰著臉仍然沈睡的男嬰……輪廓清晰可辨，初試聲啼即響徹雲霄。

麻藥漸退，我在恢復室裡醒過來，雖只是短短一個時辰的手術，卻感覺已是人間百日。我問外子：「小孩，還好嗎？」他點了點頭，我又沉沉睡去，眼角餘光瞥見散裂在窗戶玻璃迷離的光影，一吋一吋遲遲不肯退去。

小孩滿月，同時也是我再度進手術房取出腦瘤的日子，造化的安排多麼詭譎，祂要我永遠記得這新生的喜悅與接近死亡的苦楚。臨行時，我將嬰孩深深攬在胸口，他彷若一個天使，那麼真實無瑕純潔地降臨，聽他嘹亮的啼哭，看他使勁地蹬著雙腿，不捨的心有千萬個惶恐！然而我必須持戟仗劍勇敢面對前方佇足微笑的死亡，生命裡的不可預知與脆弱，我終將一個人走。

回憶匣裡的時間，永遠不是現實的時間，好像那是一段不會移動的時光，一直在記憶裡停格。

在祖母走後十多年，爺爺在巡田水時因中風倒在田溝邊，發現後送去急救，卻也必須從此長住在醫院的呼吸照護治療室。那是一間有三十張床位的病房，每六人隔成一房。去探視爺爺時，爺爺身上接了好多管子，臉上有供氧的呼吸器，手指夾著生理監測器，手腕上安著針頭以便隨時輸入點滴及藥物，抽痰機就固定在床頭上方，護理師每隔一段時間就要固定抽痰，免得阻塞呼吸道。

爺爺一輩子務農，身形高瘦結實。身為長子的他，很年輕就當家，肩上扛著一大家族的生計，他的表情總是凝重而嚴肅。孩提時看到爺爺總是想躲，一起下田時，他總是沒有好臉色，聲如洪鐘地罵小孩，在童稚印象中，爺爺一直是巨人，是我們這群兔崽子又敬又畏的阿公。他從來就不苟言笑，他還沒有上餐桌前，我們沒有人敢動筷子。只有在年節農閒時，他緊蹙的眉頭才稍稍寬解，除夕夜闔家圍爐，母親和祖母準備了滿桌珍饌，爺爺按照孫兒輩份發紅包，我們大聲說著吉祥話，拱著手鞠躬哈腰，眼睛仍不時偷偷覷著爺爺，怕瞧見他不怒而威的表情，但是抬起頭，揣著紅包的爺爺居然笑臉盈盈，忘了看紅包袋有多少壓歲錢，只覺得過年真好，難得爺爺有如此可親可掬的笑容。

但笑容總是短暫的，漫長年歲與天、與水、與緜緜無盡的雜草搏鬥，才是老農一輩子的生存哲學。有時遠遠地站在田埂的另一端看著爺爺逐漸佝僂的圖騰，手握著一把鋤頭，在這幾分田地上犁出了阡陌，他站在水流漸趨枯竭的圳溝邊，企圖用意志力去守住這曾經豐沛的沃土，但是他終究失敗了。他沒有料到，他耕田引水灌

溉的沃土有一天也會變成高樓華廈，那把生銹的鋤頭無法與亮閃閃的金錢抗爭，幾個兄弟最終都把田地賣給建商了

爺爺最後倒在田溝邊，手仍握著那把鋤頭，而往後幾年的日子他無法也無緣再見到漠漠水田白鷺飛的景象，更遑論聽見黃鸝鳥在濃密的苦楝樹上啁啾鳴囀。伴著他的是一臺臺沒有溫度的機器，以及不斷接近生命終點的數據與曲線，那些他念茲在茲的清泉與米糧，也成為他夢中的懸念。

我多年前腦瘤開刀時，爺爺還特地北上探視，那時剛開完刀的我住在加護病房，伴著我的也是一臺臺冰冷的機器，是下午的訪視時間，我從迷迷糊糊的昏睡中，聽到他的輕喚，看到蒼老的爺爺立於床前，我不知道他已來了多久，寡言的他也不知道如何開口安慰我，只是輕輕用客家話說著：「最危險的已經過去了！要保重、要加油！」就匆匆離開了，午後的陽光輕巧挪移，將爺爺的背影拉得好長好長，我那時仍虛弱地躺臥於病床，頭上是腦部開刀後的引流管，鼻孔前方有輸氧的吹氣管，口中有壓舌板，手臂插滿了針管，下半身還有導尿管，我還未能言語，而他已轉身消失在門後。

物換星移，我逐漸恢復了健康，但爺爺跌倒後卻再也沒有踏出醫院過了。每次探視爺爺，都感覺他好像萎縮成襁褓中的嬰孩，那樣瘦削、那樣孱弱，整個人深陷在床褥上，身上四周的管線隨時在警戒著，氣切後所裝置的低壓套管已讓他無法言語清晰，鼻胃管所能進食的只能是流質的牛奶，每日生活照護、灌食、身體清潔、拍打按摩、大小便雖都有看護處理，但爺爺似乎也只是在等待那一刻的來臨。最後一次探視，覺得他又更小、更瘦了，但我仍然在床邊用客家話喊他：「阿公，我來看你。」我想讓他知道我來看他，他似乎也聽到了我的聲音，稍稍掙扎著想睜眼看我一下，從氣切套管發出游絲般闇弱的氣音，是在叫我嗎？我不確定，但那卻是我和爺爺最後的對話。

一個樸實的田間老農，他叫「永水」，卻一輩子與水奮鬥，雖然他身形縮小了，但在最後蓋棺瞻仰遺容時，我感受到他硬紮紮的硬頸精神，使他依然無形地長壽地活著。

「生者為過客，死者為歸人」李白的詩這麼寫著。生命的起點與終點與一切延續，這一生千萬種假設都將與我們擦身而過，而我們都註定只能看見唯一的結果。

這次我又回到那白日茫茫，長夜漫漫，一切色調氣味都再熟悉不過的醫院，代號是六三〇A——六代表六樓、三〇是病房號、A是床位，每個時段護士交接班時，她們不斷複述著六三〇A病人身體的任何一個相關的數值（體溫、血壓、脈搏、尿液、排便、三餐），我的名字在住院這段時間只是掛在病床頭名牌的三個字，鮮少被提及，也暫時喪失它所指涉的任何意義，連手上繫的病人手環也只有標記六三〇A和戴上的日期，簡潔又明瞭，在醫院，任何人都可被化約成一個代號。

入住的第二天早上七點十分護士交班，她們大聲地把六三〇A病情複述一遍，然後匆匆離開，接著另一個新面孔的護士將我昨晚吃喝拉撒睡等瑣事都變成病歷紀錄表上的曲線量度，然後血壓器的充氣球咻咻地喘著，水銀汞柱如焰火般升起又下降，耳溫槍喀嚓一聲，又是新的一天。昨晚醫師和我討論病情的時候說：「當初腦瘤手術的地方，固定頭蓋骨的鐵絲因接縫處鬆動外露跑出來了，排明天八點第一刀，看如果能拔出來就拔，如果不能拔就剪掉，還是要全身麻醉，如果沒問題，就簽名一下。」醫生在門診時就說是小手術，大約半小時就可推出病房，樣子非常輕鬆。我相信佛經上所說的應該沒錯，「與樂之心為慈，拔苦之心為悲」這些醫者都是為眾生摘除苦難的。

生命的棋局變化莫測，周遭來來去去的生與死，如莊周夢蝶般，人如何辨識真實與虛幻的瞬間。如果夢夠真實，人有沒有能力知道自己是在做夢？悠晃的這幾年光陰，我與死亡一直比鄰而居。我該視一切如常，畢竟色身無常，不可長保。一切如常。醫院的色調氣味，人及景物的表情。六三〇A這次只是個小手術。

本文原刊於《中國時報》副刊二〇一七年一月五日

真愛的邂逅

如果一個你摯愛的人從你生命中驟然殞逝或遠離，你還剩下幾分愛人的能力？就好像一只你珍愛的青瓷花瓶在眼前轟然碎裂，地上斑駁的殘片還如此剔透，可是內心的愀痛卻無法平復。

電影「瓶中信」裡的男主角蓋瑞（凱文．科斯納飾）對愛妻凱薩琳的真情，就讓他久久無法從凱薩琳病逝的氛圍中走出來，他緊鎖著心扉，原封不動地守著凱薩琳曾用過的畫筆、顏料、畫架、畫布，彷彿凱薩琳還倚在白色紗窗邊作畫一樣。那是蓋瑞現實與內心不可侵犯的角落，因為愛得如此深刻，愛妻的一點一滴都成為生命的必需，凱薩琳的音容笑貌已封存在他記憶的甕底，一切井然有序，不可磨滅。而女主角泰瑞莎（蘿蘋．萊特潘飾，曾主演過「阿甘正傳」）剛結束一段被背叛的婚姻，在度假的海邊撿到蓋瑞對愛妻真情告白的瓶中信而被深深打動，也因而開啟了尋人之旅，他們倆在一起學習如何再次相信愛情。

在現實的情愛場域裡，我們或許都曾勇敢地去愛人或者無心地傷害人，就如同自己與周遭朋友的愛情故事，常常在回眸的瞬間，才知道自己的無知，而更懂得去如何去愛。其實人生的遇合何僅一次？自己也曾因愛情的不真誠而受傷，便像寄居蟹一樣躲在深深的殼中，以為喪失了最美的相遇，甚至抱著「曾經滄海難為水，除卻巫山不是雲」的執著封鎖所有情感的孔竅，拒絕愛與被愛。而今，驀然回首那段青澀的歲月，只剩下日記本中滿紙的荒唐言與莞爾一笑了，因為愛是一種本能，人人都渴求愛，就如泰瑞莎被瓶中信感動一樣，含羞草也總有展葉迎風微笑的時刻。

當蓋瑞決定駕船冒著大風雨惡劣的天候去追尋另一段真愛時，蒼天無情且宿命地安排他與凱薩琳號同葬大海，我在闃黑的電影院中流下熱淚。在愛情的承諾、背叛如此速食的時代，「瓶中信」彷彿將我們帶入現實生活中一直尋尋覓覓卻又不斷落空的愛情「桃花源」，我的眼淚是為真愛而流。愛情的苦樂憂喜令人如此驚心動魄，如果因為害怕失去而不敢涉足，或者已經擁有而不知珍惜，那麼生命中最美好的部分真的就可能凋零無蹤，正如蓋瑞最後在他懷裡的瓶中信寫道：「……永遠不要放棄真愛的追尋……我何其有幸，能夠擁有兩段真愛……」，真愛永遠值得每個人守候。

本文原刊於《中國時報》浮世繪版一九九九年十二月二十二日

烽火

楔子

鋼琴詩人蕭邦在祖國波蘭反抗沙俄失敗時，傷心地帶著一個盛滿故鄉泥土的銀杯離開，羈旅異地多年，一直到病逝，蕭邦始終心繫故土，臨終前還含淚握著銀杯，交代友人將祖國的故土撒在棺木上，並將自己的心臟攜回波蘭……。

俄羅斯大兵

我搭著BTR-T坦克戰車來到陌生的異域，外面一片闃黑，戰車從中央軍區指揮部薩馬拉整裝出發，隨著戰車履帶的滾動，我和同袍擠在窄仄的戰車底部，有時夾

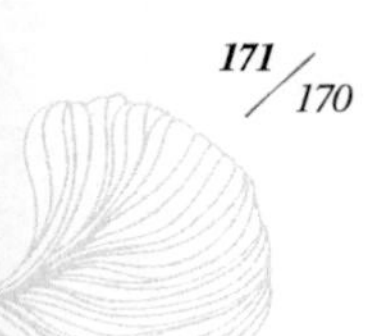

板的縫隙會透出一閃一滅的溫柔月光，但是戰車焊接的鋼鐵裝甲更強烈地從背脊傳送來陣陣寒涼。西伯利亞冰原現在仍是冰封雪凍的二月天。

二月二十四日黎明戰爭的第一槍，莫斯科時間清晨五點五十分，首都克里姆林宮無預警釋出緊急直播——我國的總統普丁，在全世界面前，正式宣布向烏克蘭政府宣戰。他授權我軍向烏克蘭本土進行「特殊軍事行動」，任務目的是要達成「烏克蘭去武裝化」及「烏克蘭去納粹化」。

上級長官開始封鎖俄國臨烏克蘭邊境的東南空域，我們也收到命令預計二月二十四日天亮後「全軍侵襲」，展開大規模的空襲與陸戰行動。我們開拔到離俄國邊境六十公里的亞速海重鎮馬立波，也從二十四日清晨四點前後開始「近郊巷戰」，我們猛烈的砲擊與連續槍聲持續朝馬立波市中心高速逼近。

我方從北東南三方陸路同時進軍，上級指示我們砲火猛攻在烏東前線的要塞城市哈爾科夫，還有烏克蘭南方的港都「黑海明珠」敖德薩，我們採陸海空軍的「三棲登陸作戰」圍城強襲，希望可以在二十四小時內直攻基輔。

我只知道聽從上級的指揮，畢竟「服從是軍人的天職」，該往東就往東，該往西就往西。從大會師宣誓以來，我和同袍一直處在備戰狀態，只要命令一下達就即刻動身。我已寫好給父母的家書，我的家鄉是葉卡捷琳堡，它位於首都莫斯科以東二千里、烏拉爾山脈東側的伊謝季河畔，它兼具美麗與現代感，它屬於斯維爾德洛夫斯克州行政、工業、科技和文化的中心。

離家幾千里遠，我在信上請求父母家人不要為我牽掛，只需為我祈禱，我認知到此趟路途的艱難，也深信長官所言這場戰事會很快結束。我已作好為祖國犧牲奉獻的準備，當然也希望凱旋歸來時能和親愛的家人在餐桌啃著黑麥麵包和喝著熱騰騰有濃郁酸奶味的白菜湯。

我相信這場戰爭有它的正當性，在全面開火後，烏東親俄的盧干斯克人民共和國（LPR）與頓涅茨克人民共和國（DPR）很快在二十四日上午七點宣布脫烏獨立，並由他們這些烏東親俄部隊擔任「俄軍維和掃蕩的攻擊前鋒」。我覺察到這場戰事的煙硝並非一朝一夕，我們有錯綜複雜的歷史、文化、宗教、民族的糾葛，在歷史課中我們已被教導俄烏、還有其他鄰近國均是同文同種同國族的人，豈容西方他國勢力的干預？

我們從二十四日清晨四點前後開始「近郊巷戰」，猛烈的砲擊與連續槍聲持續朝馬立波（Mariupol）中心高速逼近，當坦克戰車掃射與我方對峙的烏軍時，板機從自己的手中扣下並射倒一個活生生的人，他的血噴濺到我的臉、我的手、我的心，他起伏的胸口心臟仍在跳動，我感覺得到那頻率，還有血液的溫度，血很快凝結在地上，但我仍然在顫抖。我高喊著「這是偉大的衛國戰爭」。

戰事並沒有想像中的順利，隨著戰事的推遲延宕，我和同袍們每天都期待戰爭結束返家的命令。但事與願違，我們仍緩慢地推進，尤其在馬立波（Mariupol）亞速鋼鐵廠（Azovstal）我們碰到極大的阻礙，我們的砲火連續數週猛烈攻擊，裡面的烏軍仍死守堅持頑抗，並且持續提供庇護讓平民進入。我十分確定裡面的傷兵很多，因為我方的砲擊從沒有停過，飛機盤旋不斷從各個角度丟擲炸彈就想逼迫烏軍棄械投降，當我們步兵集結準備攻入時，因為轟炸關係暫時斷電，在漆黑的碉堡內居然傳來歌聲，是一個女兵清唱烏克蘭游擊隊國歌《我們出生在偉大時刻》，一片闃黑中，有許多人跟著哼唱。我聽過這首曲子，那是二次大戰時期，烏克蘭民族主義游擊隊的國歌——《我們出生在偉大時刻》，我內心一震，二戰時我們都還是同一國家呢，而如今相煎何太急！

也因為亞速營士兵的負嵎頑抗，我軍攻勢暫時被擋了下來。我們收到訊息得知碉堡內還有為數眾多的平民以及傷兵。外面的訊息很混亂：有傳出說我方不再讓平民撤離亞速鋼鐵廠，而烏方則持續請求國際社會協助撤離廠區平民，也呼籲更多人道組織介入照顧無法接受妥適醫療，逐漸痛苦死去的士兵。有機會撤離得到治療，並希望將已死士兵的屍體安葬，讓百姓好好告別他們的家人英雄。

被我軍圍困的亞速鋼鐵廠的戰事最終於五月十六日晚間畫下句點，烏方表示那裡的「戰鬥任務」已結束。隨後，我軍集中火力奪取北頓內茨克，目的是打通前往斯拉夫揚斯克（Sloviansk）和烏東第一大城克拉莫托斯克市（Kramatorsk）的道路，強化串聯我軍在烏東通行、補給路線。緊接著二十五日我軍對北頓涅次克及利西昌斯克兩座城市發動砲擊及空襲，擊中一座有數百名平民受困其中的化學工廠。

戰爭愈打，愈不知何時終了？但我觸目所及倉惶逃離的都是手無寸鐵的平民，就如那天為阻斷烏克蘭軍隊補給與退路，就摧毀三座連接克拉莫托斯克市（Kramatorsk）與利西昌斯克（Lysychansk）的橋樑，約有五百名平民撤離到阿佐特化工廠避難。不只如此，在阿佐特化工廠區內裡頭除了一千多位平民，還包括二千多名的烏克蘭和外國的戰鬥人員。

我槍口下的亡魂已不知其數，所噴湧出的鮮血應該可以染紅整條窩瓦河吧！而我仍無法回家，持續在烽火硝煙中想念著家人……。

烏克蘭女軍醫塔伊拉Taira

我是烏克蘭女軍醫塔伊拉，今年五十歲，白芙絲卡（Yuliia Paievska）是我的本名，他們稱我所組成的醫療團隊為「塔伊拉的天使」。

俄烏開戰第一聲槍響和砲擊著實把我從夢中驚醒，長久以來內心潛藏的夢魘變成真實，在這時候，我反而變得冷靜且理性，彷彿演練過千百遍似地鎮定。雖然戰爭來得迅雷不及掩耳，但平素醫療救護的訓練讓我有迫切的使命感，和先生商量後獲得他的支持，也同時在Twitter社團號召和我有志一同的人組成救護團隊，我心中雖然忐忑，但並沒有一絲怯懦，我知道在這個當務之急，我要做的事及可以做的事會如排山倒海而來。簡單收拾行囊，在衣櫃發現二〇二一年為Netflix拍攝「永不屈服」[1]紀錄片時的穿戴式攝影機，我想頭戴式的攝影機也不佔空間，或許可以隨機錄下些什麼！

就在極短的時間，我所號召的醫療成員就聚集在馬立波市政廳。情況比我們想像的還嚴重，尤其我們都沒有戰地經驗，但醫療專業本能地告訴我們：場地、設備不是重點，而是要和時間賽跑，救一個是一個，於是我們就在斷瓦頹垣中搭起簡易的臨時救護站，將從醫院搬來可用的醫療物資安頓好，每一個人臉上表情凝重，因為傷患被抬進來時，都慘不忍睹，被槍枝子彈及砲彈擊中的。

這些士兵，都已被子彈彈頭穿過身體且震傷了臟器，出彈傷口直徑往往也都超過十二厘米以上！有個士兵彈頭恰好擊穿了他的動脈，緊急送來時心臟泵血八十三

---

1 塔伊拉是名軍醫，曾是烏克蘭「永不屈服」（Invicturs Games）代表隊的一員，「永不屈服」是英國哈利王子創辦的國際運動賽事，參加者包含現役與退伍軍人，旨在鼓勵他們克服傷、病，展現永不屈服的毅力。二〇二二年，Netflix為了拍攝紀錄片，送了塔伊拉一具穿戴式攝影機，請她拍攝「永不屈服」代表隊中激勵人心的人物，結果卻成了她記錄烏克蘭實況的工具。

點三毫升／秒，血液直接噴射染紅整個救護站；還有個傷患中彈位置是頭頂，頭蓋骨已被掀飛三分之一。

我們平常都被美化剪輯過的戰爭片給矇騙了，我所看到真實的傷口是子彈從前面進看似是一個很小的彈孔，但在後方穿出時就會造成碗口大的創洞。正常的話一個士兵挨了AK47一槍，胳膊、大腿就會徹底失去功能，馬上就會失去戰鬥能力而倒下。

俄羅斯正式對烏克蘭開戰當天，有兩名受傷的俄羅斯軍人被帶到救護站接受治療。當時我正想辦法替一名頭部受傷的烏國士兵包紮。我瞥見那兩位俄國傷兵冷到發抖，我要求同事替俄國傷兵蓋上毯子，傷兵不敢置信地說：「我們是從莫斯科來的。」這時送同袍來的烏克蘭弟兄怒罵：「那你為何跑到我們的土地上來殺我們？」後來我制止他說：「夠了。」俄國傷兵轉頭問我：「為何要照顧我們？」我平靜地回答：「我們平等對待每個人。」

我知道俄軍很殘忍，到處砲擊、槍擊我方，看自己的同胞因殘酷的戰爭而喪命受傷，內心激起的熊熊怒火，也想將俄方軍人趕盡殺絕，但醫者的天職就是救人，我不能忘記自己醫學系授白袍高舉右手所宣誓的〈希波克拉底誓詞〉：「……我對病患負責，不因任何宗教、國籍、種族、政治或地位不同而有所差別；生命從受胎時起，即為至高無上的尊嚴；即使面臨威脅，我的醫學知識也不與人道相違。」

所以，我盡力救治烏克蘭平民、軍人，也竭力治療受傷的俄軍，即使他們是敵人，但他們也是人、也是人子、也是迫於上級命令奔赴戰場。三月十日那天，熟悉的場景又上演了，我方士兵把兩名俄國士兵拖下救護車，其中一人坐在輪椅上，另一名蒙面士兵雙手遭反綁跪在地上，腿上明顯有傷。我方士兵對他們大聲痛罵：「站起來，你這個狗娘養的，站起來，你XX的，你殺人，你殺了孩子們。」我要他冷靜一點。一名志願照顧傷兵的烏克蘭志工婦女高聲問我：「你會醫治這幾個俄國人嗎？」我肯定地回答她：「他們對我們不好，但我不能不救，他們是戰俘。」

我恪守醫學倫理課老教授所教我的醫療倫理四原則：自主、行善、不傷害、正義。每個生命，都值得被尊重，也值得被挽救珍惜，「敵我雙方」不過是政治、軍事上的操作話術。

三月十日晚上，一對重傷的烏克蘭兄妹兒童被送來醫院，他們的雙親已身亡。

我和同僚想盡辦法救治，被砲彈碎片擊中的小男孩仍回天乏術，我看著他本來驚嚇恐懼的瞳眸逐漸散大，對我手上手電筒的光反射逐漸消失，我知道他即將離開，我陪著他、輕輕地安撫他，告訴他不要害怕，我在他耳邊小小聲地說著：「你很棒，也很勇敢，不要擔心妹妹，我會照顧她的，現在就去找爸爸媽媽吧！好孩子。」我不捨地將視線從男孩的臉龐移開，我伸手輕撫他的臉並把他的眼皮闔上。淚水涔涔滴在白布覆蓋的擔架上。我內心吶喊著：「我痛恨這樣！」。

無語問蒼天。脖子上的聽筒無力地懸垂著，鈦金屬製的聽診頭在這寒涼的雪夜更顯冰涼。我的心跳規律起伏著，但那個小男孩卻在我的ＣＰＲ搶救下宣告心臟停止跳動。

如果沒有發生戰爭，他或許只會在身體不舒服的狀況下在醫院與我相遇，我會送給他幾顆軟糖和玩具總動員的貼紙，而我的寶貝女兒安妮會把她的絨毛小兔借給他玩，接著兩個小傢伙就會蹦蹦跳跳跟我揮揮手到外面玩了，傍晚醫院落地窗的陽光把他們的身影拖得長長的，像大人的影子，可惜小男孩已來不及長大了。

我從二月二十四日至三月十日貼身記錄俄軍圍攻馬立波市（Mariupol）的第一

手傷亡慘況，並把影片儲存在一枚指甲大小記憶sim卡中（感謝Netflix送的攝影機），希望能傳達烏克蘭實況，我懇託記者把記憶卡安全帶出去，裡頭有我的醫療團隊在這二周內瘋狂搶救垂危傷者的情況，總共拍下了二百五十六GB的影片。我想辦法把這些真實悲慘的影片交到一組美聯社人員手中，當時他們是跟隨人道隊伍從馬立波撤出的最後一家國際媒體。

我後來才知道美聯社記者把記憶卡藏在一個棉條裡，順利通過十五道俄羅斯檢查哨，我拍的畫面才終於得以在世人面前曝光。

三月十六日我一如往常早起，和志工莫諾娃（Olena Monova）抱怨說昨天沒睡好，腰酸背痛，髖骨的舊傷在這寒冷的天氣隱隱作痛。才正想沖杯熱咖啡，救護站就衝進兩名高壯的俄軍蠻橫地把我架上一輛軍用汽車，迅雷不及掩耳，同僚都還在錯愕中，軍車已揚長而去……。

我知道我被俘虜了，但我不知道我的罪名是什麼？我和投降的一千多名烏國士兵一起輾轉被載到俄羅斯接受調查。俄方宣稱我替亞速營（Azov Battalion）工作，而亞速營被俄國堅稱為「納粹」份子，俄國出兵烏克蘭就是要「去除納粹」，然而，我只是一名站上前線的軍醫，我所帶領的臨時軍醫院並非附屬亞速營，我很清楚志工和同僚都和亞速營毫無關係。

我的先生普薩諾夫（Vadim Puzanov）焦急萬分，向政府請求協助，說我被俘後毫無音信，他曝光自己的身份在媒體上怒斥：「指控自願醫生犯下種種罪行，甚至指控救人的塔伊拉販賣器官，這種宣傳手法簡直胡作非為，我真不知道這是為了什麼？」

後來我國政府積極營救並表示：數周前嘗試將塔伊拉加入與俄羅斯換俘的名單，但莫斯科當局否認扣押塔伊拉。然而，我先生指證歷歷說我曾出現在烏國頓內次克（Donetsk）分離主義地區電視臺及俄羅斯獨立電視臺（NTV）的畫面中，雙手上銬且臉部有瘀傷。

結果，俄羅斯電視臺在三月二十一日播出一段影片，宣稱我企圖偽裝逃出馬立波時被俄軍俘虜。片中還出現我無力憔悴宣讀一則「呼籲停止戰鬥的聲明」，新聞影片的旁白還指稱我與同僚是「納粹份子」。只能說俄國政府「假新聞」的功力太驚人了。

還好，上帝垂憐，我所拍的影片救了我。《美聯社》記者和我先生討論後，決定將我所拍攝的影片公諸於世，沒想到吸引了數百萬人次觀看，影片中可以看到我遵守《日內瓦公約》中的醫學倫理對俄羅斯士兵和烏克蘭平民都一視同仁地救治。

終於，我先生來接我回家了！我決定短暫休息後，再次走上前線，因為戰火仍未平息，戰區永遠需要我。我抱抱親親安妮，她也抱緊著我，並用她的絨毛小兔向我撒嬌地說：「媽咪，加油！我愛妳！」，我霎時想到我沒有挽救回來的那個小男孩，她和安妮同年紀，只有九歲。

F-16A少校飛官吳彥霆

親愛的芳瑩，我對不起妳和小不點寶貝，這次我沒有辦法回去和妳們團聚過端午節了！我和妳是朋友、是情人、是夫妻，更是空軍袍澤，我們有同樣的志業、興趣，更被大家稱為最登對的「神雕俠侶」。妳和小不點是上天恩賜給我的禮物。自從在嘉義水上機場遇見妳之後，我就認定妳是我這輩子攜手偕老的伴侶，奈何我這輩子太短，無法伴妳天長地久。但是，親愛的，我會永遠記得二〇一四年八月二十七日在空軍官校禮堂舉行的聯合婚禮，白紗翩躚的妳是我心目中的女神，最美的新娘。我們同屬飛官，真的是比翼雙飛，甚至我們愛的結晶「小不點」的名字「翬」都寓有振翅高飛的意思！

我從小就立志要開飛機。老爸、老媽苦勸過多次，我依然不為所動，聽從內心的召喚，報考了空軍官校，幸運地和許多優秀的同儕們被編入官校九〇期，展開尋夢的旅程，一開始真的很辛苦，體能、戰技、課程操練、實作演練，但這是自己夢想的啟程，再怎樣也是咬牙苦撐。為了完成官校建軍需求、創新務實及追求卓越的宗旨，各種強化體制的精進課程塑建我和同袍的武德與武藝，最終在空軍官校九十八年班畢業。

萬里無雲萬里晴，是駕機翱翔的好日子，只有真正開過飛機的人才能真切了解，飛機爬升到三萬五千英尺，整個遼夐的世界都盡收眼底的感受。彷彿脫離了地心引心的牽制，有「浩浩乎馮虛御風」羽化登仙的飄飄然。我非常喜歡自己的空軍身份，除了一身帥氣的行頭及飛行專業外，更重要的是四年軍校教育所薰陶的「軍魂」與「膽識」，那種為國家出生入死也無所畏懼的決心。

一九九九年後，中共解放軍軍機大舉出海，為了臺海區域的和平穩定，我國在美方的要求下，空軍的活動範圍被限縮在臺灣海峽中線以東，從此之後，我方的空中勢力範圍，就退縮到海峽中線。即使如此，中共解放軍仍不斷派遣各型戰機入侵我國防空識別區（ADIZ），挑釁意味濃厚。但我方全程監控掌握，絕不容許有任何一絲的越界侵犯。

每次升空都是挑戰，我們要執行的是零缺點、零疏失、零衝突的任務，「失之毫釐，差之千里。」每一次的起飛都攸關國家與自身的安危，時時都要高度警戒，能處理的方式就是義正詞嚴地用廣播驅離共機，有時在空中要極度按捺自己的情緒，不能被對方的言語或行動所挑動，這也是在官校學習所培養出的堅強心理素質。隨著共軍擾臺的頻率愈來愈頻繁，我們的出勤次數也與日俱增。

當然，軍人的天職是為國家犧牲奉獻，不敢說鞠躬盡瘁，但出生入死是基本信念。我曾在二〇一三年五月十五日駕駛編號六六二二號F-16A戰機執行任務，當時是在高雄市小港機場的外海巡航，本來快結束任務準備返回基地，突然座機熄火，我多次重啟引擎，但是都無效，我的判斷是電力系統失效，人生跑馬燈在眼前跑了好幾回，在生死交關之際，作為軍人，我首先要確保的是人民生命財產的安全，然後才是自己的安全，我環視四周，而且看到飛機運動實際方向的矢量符號正好對準了小港機場的外海，這時飛機的高度已下降至一千二百五十英呎，我必須趕快做出決定，我的人生跑馬燈轉出雙親的臉，這時我毫不猶豫猛拉彈射拉環，我順利彈出，也清楚知道我下降到海面只有七十秒的時間，所以我迅速將綁在身上的所有套帶全部打開，並在最接近水面的時候立刻讓人傘分離，就在落入水面的剎那，我感受到海水的冰涼，並用力踩水等待救援。

幸運地，沒多久救援艇將我救上岸，而爸媽也匆匆趕來醫院探視。媽媽一把鼻涕、一把眼淚唸著「感謝觀世音菩薩大德，讓阮囝兒會當活落來。」我抱著他們也流下男兒淚。

長官知道我平安獲救，還體恤地放我兩星期的假，在家休養調整身心，芳瑩也前來陪伴，爸媽力勸我就此退役，但我百般不願意，我不希望一次的意外就摧毀我從小的夢想。

許多親友在我歷劫歸來後紛紛在我的臉書「表特漢森空官」留言鼓勵說：「空官小吳彥祖，巫婆家族第一把交椅。」、「他有兩個生日，一個是媽媽生他的日子，一個是跳傘後重生的日子，不管未來如何！他都是勇敢飛翔保家衛國的帥飛官！」我很感動，當下思緒萬端，也對未來感到茫然，如果放棄飛官工作，就等於放棄我的夢想、甚至是摒棄自己一直以來的理想，但又不忍心忤逆雙親的要求，當下真的痛苦萬分。

當時我腦海隱隱浮現一位美麗的倩影，芳瑩，她或許可以幫我解惑。美麗而有智慧的她對我說：「我也很擔心你的安危，但我更在乎你當飛官快不快樂？如果做自己不喜歡而安全的工作一輩子，你願意嗎？凡事都有意外和風險，那我們要避開多少事呢？聽從你內心的聲音吧，再來勸勸老人家。」

當下，我就打定主意要向這位能洞察事理了解我的女孩求婚，終於我倆在二〇一四年八月二十七日空軍官校禮堂舉行的聯合婚禮完成終身大事。也持續我們的翱翔夢，一直到「小不點」來報到，芳瑩才改為地上勤務。

我不知道是我太幸福了？還是命運冥冥中自有安排？我在二〇一八年六月四日

下午執行漢光演習任務，這對我而言是駕輕就熟的任務，之前幾次演訓也是獨立十二偵察隊F-16戰機，當天從花蓮空軍基地起飛，機況、天侯、一切良好，這次任務是率僚機模擬對基隆港發動攻擊時的演習，一切都在掌握中。

但戰機愈往北飛，天候開始有些變化，我也提高也警覺。當時的高度是二千英呎飛往基隆港，我向戰管報告：「進雲了。請求爬升。」但未獲戰管允許，眼見雲層橫亙在眼前，我緊急再度請求爬升，但航管回答「待命」，在待命盤旋的三分鐘裡，我人生跑馬燈又再度出現，但軍人的天職是「服從」，而且演習視同作戰，長官的命令一定要服從，就在千鈞一髮之際，我獲准爬升至八千英呎，但出現在眼前是一座大山，我來不及爬升也來不及轉彎，就直挺挺撞山了！

我內心有好多遺憾，但從來沒有後悔，在我進入官校的第一天，我就清楚認知到自己的使命，守護家園的努力和決心沒有極限，因為我在青雲之上捍衛的是我的家人、親友和同袍。即使現在的我化為天上的一顆星，我也同樣在守護著Formosa——婆娑之洋，美麗之島。

尾聲

屈原〈國殤〉：「……出不入兮往不反，平原忽兮路超遠。帶長劍兮挾秦弓，首身離兮心不懲。誠既勇兮又以武，終剛強兮不可凌。身既死兮神以靈，子魂魄兮爲鬼雄。」，〈國殤〉頌讚為國犧牲的英勇將士。烽火下的人們，各自守護家園，其愛家、愛鄉、愛國的決心可鐫刻於史冊，青山青史總有英雄的故事。

本文榮獲二〇二二第五十六屆國軍文藝金像獎報導文學類優選

狗兒

他告訴她，他在公司電腦養了一條狗，還是取名為「豆豆」。她開始淚如雨下。他遞給她衛生紙，說這隻狗狗不僅會跑會跳，還會做些高難度的跳躍動作，做對了只要丟些甜甜圈或餅乾，牠就會露出諂媚的笑容！這隻電腦狗還能展現牠的高智商與幽默感，牠可以把你扔出去的皮球、骨頭準確無誤地叼回來，而且可以充當電腦警衛，在你設定好的滿月或新月底下，當一隻吠月之犬。在你餵牠吃肉喝水時，牠會發出令人發噱的咀嚼聲，還會把電腦邊界當作一面牆，用牠的四肢努力攀爬，然後以古錐笨拙的模樣跌了下來，牠永遠無法成功，卻又不斷地再接再厲……。她停止了抽噎，暫時沈溺在虛擬真實的電腦遊戲裡。

一隻隻記憶中的狗不斷奔向自己，時空是在鄉下三合院老家，牠們一身輕如柳架的絨毛弄得鼻尖好癢好癢，清澈無辜的眼眸湊近你，對你閃動著水澄澄的光芒，並且預告著：「我要出去玩了！」有時牠們「噗通」一聲跳進池溏裡泅泳，狗爬式的泳姿沈沈浮浮，每一隻都奮力演出，牠們永遠保持頭離水的姿勢，全身絨毛彷若水草，開闔舒卷。上岸後，渾身濕漉漉的牠們，使勁地甩動身子，好像運轉中的電動洗車刷毛，然後一溜煙又滾進草堆中，用潮溼的鼻翼用力吸嗅牠的獵物，即使全身沾滿咸豐草的黑刺，也不以為意。小時侯的我總是無法明瞭用手抓搔牠們脖子時，為什麼牠們臣服柔順的表情都同出一轍，後來才知道那是狗兒最喜歡人們撫觸的地帶。

父親不善於為小狗取名，凡是黑的就一律叫「小黑」，白的就叫「小白」，黃的就叫「小黃」，雜色毛的就叫「小花」，生下的第二代，就叫「小小黑」、「小小白」、「小小黃」、「小小花」，並以此類推。父親雖不善於為小狗取名，卻對養狗有一些堅持，他絕不用狗鍊拴小狗，狗屋雖不似寵物店的華美，但一定是用他木匠的巧手，一塊一塊木板釘起來的。父親一直認為狗也有牠們的世界，我們豢養的狗是正常而且自由自在的，而非一群囚犯。父親與那群狗兒影響我很深遠，一直到現在我仍然很排斥去動物園，因為當我在鐵籠子或欄杆前看到那些垂頭喪氣的生物，我想牠們在身體或心靈上一定有許多的欠缺，才顯得如此神情寞落與遲鈍！與在Discovery上看到活動於大草原上的生物，表現出精力十足的強韌生命力還有不可置信的機警相比，在籠子的生物就像被判終生監禁的囚犯一樣，喪失最可貴的自由活力。

在老家，你永遠可以看到一群自由奔放的狗，牠們與我們共享自然。父親荷鋤走於阡陌，翹著尾巴的小黃一定跟在身後，你可以了解狗對主人的忠誠是海枯石爛、此心不渝的，即使父親出遠門回家，那群狗兒子、狗女兒們，聽到父親的第一個腳步聲，牠們一定是直撲父親身上，弄得衣服都是毛，小白、小花更膩人，喜歡用溫熱多津的舌頭舔人的手與臉。

鄉間狗兒一群群、一張張活動的圖象，彷彿快轉的時光播映機，在眼前快速穿梭，讓人懷疑這雞犬相聞的景象是迅速消失的桃花源。牠們整個生命的程序，毫無掩藏的鋪展，無論是誕生或隕落，無論是親愛或鬥爭，牠們的確是上帝的子民。或許歌德在浮士德所說的「萬物相形以生，眾生互惠而成」正足以形容那樣和諧共處的群相。

「嘿，電腦狗也有脾氣，有時還很倔強呢！妳知道嗎？」她搖了搖頭，示意他繼續說下去。

「如果，電腦豆豆不肯乖乖聽話時，妳可以先安撫牠，搔搔牠的脖子，摸摸牠的頭。但是當妳也不耐煩安撫牠時，妳可以拿出水鎗噴些水讓牠清醒，或是從頸子把牠提起來，讓牠認清誰才是主人！好玩吧？」

忽然，她央求他再回大安公園裡去把豆豆找回來，眼淚又滴答滴答地掉。他看著她，驚訝電腦狗所帶來的片刻驚喜，竟然如斯短暫，擁抱冰冷的電腦畢竟比不上擁抱溫體生命來得有感覺，在電腦中養寵物，你會投入多入感情？他輕撫她的長髮，來自指尖的觸覺，居然讓他想起為豆豆洗澡、梳理長毛的景象，西施犬的毛柔順服貼，隱隱約約的體溫滑在指節間，豆豆的眼睛半開半閉，撒嬌地享受著。這是電腦豆豆所無清法取代的。他嘆口氣想想電腦狗或許只是都市人對動物最後一絲的眷戀吧！人與動物之情怎麼可能只單純建立在開機關機的冷漠上？或者說，豢養生命歷程充滿的冒險與變化，又怎能是一套電腦狗狗程式所能取代的？

只是，只是已經被拋棄一個星期的豆豆，還會在大安公園鵠立守候嗎？

在城市落地生根後，自己開始渴念起鄉間的一切，萬物鮮活的印象似梭羅的湖濱。踽踽夜行於臺北街道巷弄，流浪狗與流浪貓逡巡於垃圾堆，卑微的生活的姿態，顯然是久經遺棄，除了殷勤搜弄罐頭與便當盒外，還需隨時偵防一樣飢餓的同僚，一不小心，便當盒中發餿的雞腿便被強取豪奪了。人們的喝斥踢踹，狗兒由喉間發出像金屬切割的嗚咽聲，唉唉嗚嗚地夾尾溜竄到防火巷中。我總以為這是時空錯置，以為這一幕是布魯斯威利所主演「未來總動員」文明廢墟的現場，城市的冷漠不僅隔離了人與人，更改變了人與動物的相知相伴。棄養或養死了狗兒、貓兒、巴西龜、黃金鼠、小白文、金絲雀，是都市人普遍的經驗。

我益發珍惜與大自然萬物平等對待相視的日子。我與我家狗兒們在滿地金黃色的油菜花田打滾，自各追逐屬於我們平凡的快樂與幸福，狗兒都是土犬，個個健康壯碩，除了長蝨子外，鮮少生病，牠們沒有藉以提高買賣身價的血統證明書，牠們就在老家出生、找到另一半以及終老，十年或十五年的生命旅程，總是與土地結緣，所以你可以想見當我見到街頭愈來愈多流浪狗的愕然。

我們曾蹲在屋簷外，就著昏暗的小燈泡等待小花生產，隨著小花的呼吸聲愈來愈急促且漸漸加強，我們知道新生命即將呱呱墜地。果然小花用力伸長後腿，第一隻小狗狗已下產道，並且有薄袋似的卵膜包圍著小狗狗，我們靜靜地在旁邊目睹小花母性的本能與光輝，看小花為小狗狗呧食薄袋狀的卵膜，再輕舔小狗狗全身，接著用牙齒咬斷臍帶，約莫十五分鐘之後，胎盤外露，小花便將胎盤與臍帶吃光光。接著又是一陣陣痛，第二隻小狗狗又出生了，過程與第一隻絲毫無差，小花總共生了五隻，約費三小時。在那樣靜謐又充滿生命氣息的夜裡，我們姊弟四人都屏氣凝神，默默領受生命的神奇與奧妙。在童稚爛漫的歲月裡，我們從不輕易殺生，即使是天牛與瓢蟲，知了與麻雀，總是捉了就放，如果隨便扯去小昆蟲與小動物的足肢，是要挨罵的。曩昔人們的厚道，往往在他們對待母豬與牛隻中可見，還記得家中母豬產小豬，祖母總要煮一鍋麻油燒酒蛋花給母豬進補，此外農人感念耕牛的辛勞，許多人終其一生絕不肯吃食牛肉。

我踱進暗眠摸的防火巷內，想拿剛從7-eleven買的叉燒包給那隻唉唉嗚嗚、還在低聲咆哮的狗吃，牠又進又退的步履讓人心疼，終於躑躅的牠，被我蹲低的姿勢與肉包的香味吸引過來，鼓足勇氣向前，一箭步就把熱騰騰的叉燒包銜在嘴裡，叼到包子後拔腿就跑的鬼祟模樣，讓人心酸酸的，什麼時候，牠已經喪失對人的信心。

豆豆其實是一隻蠻可愛的小狗。他心裡想。一大早醒來，豆豆就一副搖首擺尾屈意奉承，對主人幾近奴隸式服從的模樣還真是好玩。當牠把報紙啃得稀巴爛，你吼牠一聲，牠就一臉羞愧狀，可憐兮兮地滾到地上，把肚子攤開來，懇求地向你求情。他訝異的不是豆豆絕佳的演技，而是人狗之間互相感通的語言。

然而更現實的問題始終困擾著。她堅持讓豆豆自由在家裡活動，而不願買一個狗籠子關牠。她說：「你如果真正地了解一個智力高、精力旺的生物，就是要讓牠自由。自由，你懂嗎？」她固執時的氣焰就像揮戟上陣的武士。於是牛皮沙發變成豆豆啃噬的骨頭，裡面海綿露出尷尬難為情的笑臉。還有報紙沒有一天完整過。那利爪好像傑克的魔豆，長得速度驚人。最主要是大小便問題，豆豆雖然會在鋪好的報紙上大小便，然不知是訓練不足，還是方法欠佳，豆豆總是大在報紙的邊緣，惹得小小的公寓充滿寶路味道的尿騷便臭，二個筋疲力竭的人下班回到家，面對一屋子凌亂與豆豆無辜的眼神，他也火大了：「這就是妳說的高智商？」或許他們還能忍受一星期，然而掂掂豆豆所帶來的快樂與困擾，心中的天秤逐漸有了偏袒。豆豆必須被送走。

後來他在動物行為學專家康樂・勞倫茲博士的書上看到這兩句話：「一個人如果對動物討厭的地方都能忍受，那他對動物的喜愛也就不容置疑了。」他想自己的確還不具備愛動物的心。

當流浪狗把包子叼去的剎那，自己覺得好想再回到鄉下，生命自由的國度。

本文榮獲一九九七《聯合報》副刊「動物與我」徵文第三名，

原刊於聯合報副刊一九九七年十月三十日

遺書

親愛的，起初，我並不明白自己已離去。回家，隔著落地窗，隱約看見自己的日記簿被風掀開，最後的扉頁是二〇〇二年十二月二十四日，Merry X'mas的字樣好像在飄颺飛舞，我想看得更清楚，於是我將臉貼著窗，鼻子呼出來的熱氣馬上讓玻璃氤氳一片，霧逐漸在雙眼泛起，我用手凌亂地擦拭，卻只看到玻璃窗上自己的倒影。我開始急切地敲打門櫺，想喚醒或許還在沈睡中的你。就像幾年前有一次深夜，我忘了帶鑰匙，急躁的我像雨點似地捶打門窗，而你卻在屋內好整以暇地啜咖啡，看夜線新聞，電視新聞無意識的獨白不斷自螢幕流洩：馬來西亞政局不穩，安華再度被補，印尼發生嚴重的排華事件，獅子座流星雨即將接近，墾丁、清境、合歡山是最好的觀星地點……，我貼著窗的臉好像在看一齣默劇，你完全無視於我的存在，那麼陶然地沈浸在你獨自構築的感官世界裡，不受外在一丁點干擾，但又似乎是在等待晚歸的我。在那樣的一瞬間，親愛的，我突然明白，你本來就是獨立於我而存在的，所以，我現在確信，即使我離去，你依然可以行過千山萬水，無所畏懼。

在夜色的掩映下，我看見自己赤腳踩踏一畦薰衣草的幽紫，繞過窗邊的一棵銀杏樹，扇形的綠色樹葉在褐色的枝椏上跳動著精靈之舞，她們簇擁著我以身體傾斜四十五度穿透落地窗，金色窗帘柔滑的流蘇輕拂著拱起的背脊，我來到我們曾激烈爭執及交歡的黑色靠背沙發，並且熟悉地坐在靠右邊的位置，屋內正播放著貝多芬「田園交響曲」第一樂章，四對木管和一對號和弦樂器反覆迴旋著馥郁的主題，正像你愛喝的曼巴，從初抵舌尖、縈繞唇齒到滑入喉嚨，滿溢著漫無邊際的幸福。親愛的，你正起身往客廳左邊沙發坐著，我坐在你旁邊，呼喚你千萬遍，看你被失眠所苦的臉龐，雙手深插入微褐的髮絲中，兩道虬曲的眉如撫不平的山的稜線，你因我的離去而痛苦？還是因為你無法承載自身太多的情緒？難道我錯看了你的堅強獨立？

想起我們曾在一個興奮無眠的夜晚，討論如何面對生命困境的問題。那天是從貝多芬開始，我強烈地質疑想「扼住命運咽喉」的樂聖，如何能通過生命最險峻的隘口，四周寂靜的峭壁又該如何去攀登？生命的梯索，如此驚心動魄，望一眼，下方即是萬丈深崖，我很早就棄械投降，我說我做不到，我無法沙盤推演一個沒有孔竅的世界，沒有聲音等於封閉了靈魂，我無法忍受失去音波長短變化的頻率。你卻若無其事地將貝多芬在一八〇八年札記本所寫有關「田園交響曲」的幾則文字一一朗誦：

「讓聽眾自己去遐想，在內心現出景象。」

「在樂曲中，如果完全限制在物象的描寫，會使風味魅力盡失。」

「田園交響曲——從來沒享受過田園生活的人仍能不藉任何標題而揣想出作者的本意。」

「田園交響曲——不是一幅田園畫，而是一個人被歡愉的鄉村景象喚醒的內在情感；這個作品勾勒出對鄉居生活的一些印象。」

熟讀音樂史的我們，都知道這時距離他一七九八年的開始耳聾已有十年，然而這樣的困厄，彷彿將他帶入一個新紀元，豐實成熟、美不勝收：第五（命運）、第六（田園）號交響曲，第四號鋼琴協奏曲和聖詠幻想曲，都為一個生命鬥士作最完整的紀錄，那無疑是心靈悸動的聲音，無關乎寂靜的深淵咫尺。

親愛的，彷彿還在昨夜，你眼眶盈注著感動與堅信，你朗誦的拉丁文語調跳躍著烈火試煉後的喜悅，彷彿是昨夜，我幾乎可以掬捧那樣的剔透晶亮。悲觀的我，從來就不相信自己可以有那樣的勇氣。

我伸出手撫觸你的臉頰，你渾然無所覺，而我冰冷的手卻讓空氣凝結，結晶的眼淚像玻璃窗上的水珠，一顆顆飽滿倒懸。後來我低頭閉目坐在你身旁，一直聆聽到第三樂章，終於樂曲由猛烈的暴風雨轉趨為詩一般的潺潺水流、間關的鳥鳴，鄉間農夫們歡樂的聚會在耳際盪開，雙簧管奏出愉悅的德國民謠旋律。我看到你細細密密的眼睫泛著晶亮，如幕色低垂時的星斗，倏地隕石墜地燃燒，並在丘陵起伏的五官地圖，灑落大片炙熱的岩漿。我的視網膜封存一幅永恆的星軌，我會記得你的淚是如此滾燙⋯⋯。

親愛的，目前我是一頭困獸，擺渡在有形與無形之間，我以曾經甜美的嗓音發出低沈的嘶吼咆哮，以觸角輕抵阻隔在你我之間隱形的藩籬，以口水舔舐禁錮形軀的籠牢，然而，除了靈魂之外，肉身無所遁逃。我仍是一頭困獸。我頹然跌坐，想像真實與虛幻的距離到底有多遠，然而怎麼好像斷線的風箏，這頭與那端，只剩下到處遊盪的空氣。就如希臘神話故事裡，巧匠狄達拉斯與他兒子伊卡拉斯一起逃離克里特島時，狄達拉斯再三叮嚀伊卡拉斯，不可以飛得太高，以免太陽融化黏著翅膀的蠟，也不可以飛得太低，以免羽毛沾水而墜入海中，在真實與虛幻中游走，我怎麼同時感到太陽的炙熱與海水的鹹濕？連我的靈魂也即將被蒸發……。

這些日子以來，我常常潛入我們共有的生活空間，我無意嚇著你，只是想細細重建記憶的現場，三樓的書房，好像很久沒有人進去過，地上散落著書籍、畫冊、資料、琴本，書架上每一格都有我們不同時期的合照，照片總是將笑容凍結在最完美的弧線，就像用珠針將鳳蝶優美的羽翼釘死在玻璃標本盒中。靠門的右邊還有一臺二手的Roland數位鋼琴，我們倆都曾用它胡亂地編些小曲，琴蓋有些蒙塵，上面的黑陶瓶還插著一束已乾枯的薰衣草，這是你的習慣，不喜大紅、大綠，只喜歡淡淡的淺紫，客廳的落地窗前一大片薰衣草，即是你「願為老圃」的傑作，然而我細微地感知到你縱容一束鮮花的萎敗，其實是無法面對生活的滿目瘡痍，情感的膿瘡不知要從何處壓擠？親愛的，或許你真的沒有我想像中的堅強？

要建構過往的時空，還有摭拾已遺忘的片段，益發顯得困難。考古學家用數支掃帚、幾只圓鍬，將已灰飛煙滅的白堊紀重新拼貼，於是，青山綠水、獸跡蹄痕、飛鴻雪泥都一一復活。而橫阻在記憶斷層的是生與死的幽長甬道，我該沿著什麼去按圖索驥？是華麗的棺木？或是冰冷的屍身？記得我的一位學生曾告訴我接近死亡的經驗，那是她父親開車，然後煞車失靈，車子暴衝，最後衝撞上安全島，車才完全停止，然而奇蹟似地，她一家人都平安無事，然而她真切的告訴我，在撞擊的那一瞬間，她的靈魂漸漸如一件被披掛晾起的衣服，冷冷靜定地看著自己的肉身軀殼，彷彿有告別的意味。親愛的，或許，我現在就如那一件被高高晾起的衣服吧！

我漸漸看到白色天花板、白色病房、白色床單、白色枕頭套、白色馬桶、白色香水百合、白衣護士、白長袍醫生、X光片上泛著死白的腦瘤……，還有躺在病床上的我……，一群穿著白色短上衣的實習醫生簇擁在主治醫師後面，正探頭探腦地作著實習筆記，腦瘤的斷層攝影高掛在X光板上，顏面顱骨如此真實，那是一顆骷髏頭，一顆白袍醫生競相品頭論足的頭顱，一顆剝除受想行識，無眼耳鼻舌身意，無色聲香味觸法，無眼界的頭顱。乃至無意識界，無無明，亦無無明盡，乃至無老死，亦無老死盡，無苦集滅道，無智亦無得，以無所得故……，我看到母親喃喃唸著心經，計數器喀喀的聲音振耳欲聾，下星期再去九華山求符水，而親愛的你，如此焦急，雙唇緊抿。我悄稍站起身來繞到你身後，萬物安靜無言，就像雪落下的輕盈，以致於我幾乎忘記自身所處，一切能量都歸零了，萬物好像被魔法詛咒似地沈沈睡去，你已倦的臉尚淌著未乾的唾涎。

親愛的，我亦曾有過超脫任何形式的哲學思維。因為我看到自己的日記簿上寫著：「生命自來處來，自去處去，很少有人義正言辭地告訴我們生命的真相，一個凡夫俗子的誕生或殞逝，都比不上獅子座流星雨值得大書特書，或者比一九一二年四月十五日鐵達尼號沈沒的日子來得重要，『歷史上的今天』絕對比個人的存歿值得回味而且有價值，一八〇一年一月一日發現了第一顆小行星CERES；一九〇一年十二月五日DISNEY誕生；一九五二年十二月二日第一個電視節目誕生；一九八九年三月十七日第一位潛水夫在海底待了兩個小時……」，時間是二〇〇二年十二月二十三，是腦瘤手術的前一天，我也曾將自己看得如此渺小微不足道，然而我深知我並未大徹大悟，這一切只是故作從容的死亡練習！更多時候，我看到你堅定地陪著我：責問、懷疑、憤怒、埋怨、絕望、哭泣、以及面對所有的未知……，在你眼底，我彷彿又看到那夜的剔透晶亮。親愛的，我曾經真實地走過死亡的嚴酷考驗，那是一條顫巍巍哆嗦的繩索，希望與絕望全在上面招手咧嘴微笑，即使你雙臂環擁著我，我還是得一個人走，我突然想起貝多芬四面寂靜的峭壁，底下便是死亡的幽谷。

記得我之前讀過一位法國早逝作家葉維·吉伯曾如此描寫他的愛滋死亡：「我的確在得病的苦惱裡感受到某種令人迷惑又美妙的東西，這確是一種殘酷的疾病，但它不是閃電式的……每一階段都代表不一樣的學習。這是需要時間來死亡的疾病，它也在死亡時間活著。」我曾在這段話的旁邊畫上一個二點五公分如鴿蛋大小的惡性腦瘤，然後靜靜聆聽這慢慢衍生的有機物與我用同一個頻率呼吸、一起享受強度大小的脈搏心跳的感覺，我突然變得惶恐而遲疑，就像地球人不斷揣測模擬外星人入侵的管道與軌跡一樣，一切虛擬又真實。親愛的，我清楚地意識到自己多麼懼怕死亡。多少次那一條唯一可以往上攀爬活命的繩索，陡然從手中滑落，想喊卻已嘶啞無聲，胸口極悶，倉惶的身影也跟著墜入黑暗的幽谷。

親愛的，我的身體愈懸愈高，也愈來愈清楚我曾走過死亡幽徑。我看到二〇〇二年十二月二十三日早上十點房間門被用力推開，主治醫師、住院醫師還有一堆實習醫生把我團團圍住，我以為自己在做夢，後來住院醫師拿起一枝鉛筆大小，類似手電筒的筆往我眼睛左右旋轉察看，我才確定這是例行性的巡房，住院醫師說：「十二月二十四日九點開刀，家屬請簽好手術同意書，交給櫃臺護士小姐。」我感覺到你眼神的惶恐。後來，那天中午，你陪我在八C閱報室吃便當，突然好多開完刀的病人在旁逡巡穿梭，如魚一樣游出沈沈的水底，光喇喇的青色頭顱個個在微寒的天氣中哆嗦，每條開刀的曲線如此不同，好像顱蓋骨是一張拼圖，聚合離散如此輕易，偶爾這些人會怔怔地站在原地，然後喪失眼睛的焦距，望著前方。親愛的，當時我好害怕變成他們，但現在我卻好希望自己是他們，至少雙腳還是落實的。

親愛的，以前老是愛問你及別人：「如果只剩下一天的生命，你想做什麼？」殊不知生命是無法揣測的，生命自出生的那一刻起即已開始倒數計時了！只不過，我沒想到那顆鴿蛋般的腦瘤提前將我引爆。關於生命的榮枯，在幸福的時候是無暇思索的，以前偶見小貓小狗被車輾過，泥濘一片的汁液與僵硬的軀體，隨著車輛的往來逐漸被攤平在路上，也只會引動少量的悲憫；而親友離逝，除了當下難言的悲痛，久了也很哲學思考：生命似乎自有去處。然而體察到自己如此接近死亡，居然是如此難以忍受，彷彿是一種嘲笑，同樣是生命的天秤，卻如此不均。

不知何時，你順手撳按了遙控器，夜間新聞又開始一連串的囈語：三重疏洪道發現一幫飆車青少年，警方呼籲家長多多關心自家子女，臺中女中資優班學生與有婦之夫發生不倫之戀，留遺書後跳樓自殺，據悉遺書中有一句英文歌詞「How can I get through the night without you」，應是留給男友的，教育部已請各級學校加強對學生的心理輔導，林姓少年殺害雙親案，警方重回現場模擬……。

親愛的，我脈脈地注視著你，在這枯索的夜裡，我終將離去，如一陣風穿過窗櫺，而你也始終無所覺，我曾回來看你……。

本文榮獲二〇〇四吳濁流文藝獎散文類佳作

旁觀生命的掙扎

半夜二點，我握住萍子的手（萍子是我的弟媳婦，與我情同姊妹），那是我唯一感覺她還活著的方式，雖然針孔已將她原本細緻的手弄得瘀青紅腫，但我仍願意相信我的溫度她能感受到，呼吸器深深地插入鼻腔、氣管中，濃重的痰音咻咻作響，喪失自主呼吸的自由，好像一頭困獸，藉著機器發出哀鳴的密碼。萍子已經意識昏迷十二天了，親戚來來去去她全然不知。她最喜歡的百合花束由含苞、盛開到枯萎，她連湊近一聞的力氣都沒有。這段日子，她與這世間唯一的對話就是呼吸器傳來的聲音。

生命自來處來，自去處去，本不該有太多貪嗔痴戀，然目睹生命的脆弱與無助，疾病的唐突與措手不及，彷彿有一把利刃橫陳在最痛處，心被揪得好緊。

萍子原本簡單的頭痛竟然到不省人事，直接急診送入長庚，然後打電話四處詢問醫生朋友，遍翻書籍，都說可能是腦炎或者是腦膜炎，接著抽血、抽脊髓液一一作培養。一個星期、二個星期過去了，醫生排除了腦炎及腦膜炎，卻依然沒有正確的病因，每日每夜看她生命跡象一點一滴流逝，看她因大抽搐全身繃緊抖動的樣子，真的是無語問蒼天！醫生不斷告訴我們要有心理準備。來往醫院的日子，天空只有黑與白色。

半夜三點，我用棉花棒醮水擦拭萍子乾裂的嘴唇，為了怕她抽筋咬舌，壓舌片緊緊地深入喉頭，並用繃帶沿著臉頰緊緊地紮在腦後，口涎不斷淌出，濡濕了枕頭、床單，用衛生紙、毛巾墊著，不到五分鐘又濕了一片。導尿管黃色的汁液涓涓流入尿袋，幾毫升都無所遁形，在醫院身體早已喪失隱私尊嚴。

陪伴萍子的這些日子，第一次清醒地旁觀生命掙扎的軌跡，心電圖無數個波峰一直游走，生命已經簡化到只有血壓、體溫、心跳……，一些毫不起眼的數據。面對癱在病床上的她，我真真切切覺察到自己的無能與無助，內心彳亍如狂亂奔走迷宮的老鼠，只想上窮碧落下黃泉，找到叩問生命永恆的那把鑰匙，凡是可以讓諸神動容的方法，我都願意試，只虔心祈求祂們顯聖感應靈驗。

真的救救她，我默禱著。

本文原刊於《中國時報》浮世繪版一九九八年七月十八日，後收入《難忘小故事》。中國時報浮世繪版企劃：《難忘小故事》（臺北：大田出版公司，1999年）。

尋常巷陌

極喜愛盛唐詩豪劉禹錫的《烏衣巷》，尤其是最後兩句：「舊時王謝堂前燕，飛入尋常百姓家。」我非王、謝士族，但居處在尋常巷陌，常不經意抬頭，便可瞥見人間尋常而有滋味的風景。

拜居處地之賜，必須走過幾個巷道，才可到最近的便利商店、公園、土地廟……之類的。此時，捨汽機車徒步是最明智的抉擇，就如徐志摩所言：「……帶一卷書，走十里路，選一塊清靜地，看天，聽鳥，讀書，倦了時，和身在草綿綿處尋夢去——你能想像更適情更適性的消遣嗎？」令人神往的康橋美景是不會出現在我眼前的。但是走往小公園的路上，對面大樓傳來「叮叮咚咚」孩童的練琴聲，未成曲調先有情，單音樸拙，想像童稺努力用雙手敲彈黑白琴鍵的認真賣力，也想起自己幼時未能學琴的悵惘，乘著飛颺的黑白音符，更假想已經知命之年的自己，恭敬肅穆端坐在鋼琴前，掀開琴蓋，雙手如行雲流水般流暢地演奏一首「月光曲」，那個年少時心目中「彈鋼琴的少女」彷彿就隱身在巷弄裡。

有時巷陌傳來的並非琴音，而是夫妻吵架的齟齬聲，那尖銳而又刻意壓抑的聲音，更啟人疑竇，但聽辨得出來是一男一女先後的咆哮聲，兩個人都想把對方的聲音蓋過，於是在遠處的我彷彿聽到海底的聲納，一波一波振盪的迴聲，想側耳傾聽，但隨即感到自己窺人隱私的無聊，哪一個屋簷下不曾有過拌嘴鬧彆扭的時刻？

有時未必是聽覺的洗禮，撲面而來的可能是爆炒蒜末的香氣，或是一鍋滷肉的濃郁，更有時是煎白帶魚的鱻香……，嗅聞這些氣味，總讓人安心，有食物的地方，就是廚房，就是家人用餐的所在，一飲一啄都是人間煙火繚繞的證明，即使疫情嚴竣，但這些氣味，總在告訴我，家戶平安，每盞暖黃的餐桌燈底下都有親愛的家人悲欣與共。

尋常巷陌，有時視覺的驚喜，更令人驚嘆！有次想去便利店領個包裹，一轉往左邊的巷口第一戶人家，門口就種著一株淺橘色朱槿，有一朵巴掌大的花正迎風開展著笑顏，它的顏色不同於一般常見的紅豔朱槿，靠近花蕊根處更有一環深紅，呈現極柔滑的絲絨感，令人想去觸摸一下，但理智告訴我，千萬別如此，畢竟是別人家的植栽，能與它短暫邂逅，已是一大確幸。

去年初春多波寒流報到，住家附近有一株山櫻花整棵綠葉落盡，光裸蕭瑟的枝幹爆出滿樹璀璨絕美的緋紅花朵，我和一棵開花的樹結了一段塵緣拍了許多合照，直到她繁花落盡後，冒出點點嫩綠新葉，紅綠交映的她，宛若新生，我知道在佛前求了五百年的意義。

以前讀白居易〈直中書省〉一詩：「絲綸閣下文章靜，鐘鼓樓中刻漏長。獨坐黃昏誰是伴？紫薇花對紫薇郎。」一直對紫薇花好奇，也是在街坊鄰居的籬笆看到一簇開得蓬蓬像波浪似的紫薇花，突然明白了白居易的「獨坐」與「寂寞」。

繼續遊走在尋常巷陌，有了王謝堂前燕的富足。

本文原刊於《中華日報》副刊二〇二二年六月三日

溫度

在紅外線熱像儀前偵測體溫，機器那端傳來「已戴口罩，體溫三十六點六」制式的機器聲。通過檢測後才能放行進入辦公室。有天，看到同事A被攔截請進去警衛室休息，A無奈地搖搖頭表示沒事的。

我和A比鄰而坐，但長期戴口罩下來，我幾乎忘記她的長相了！

中午餐廳用餐，每一攤的店員都戴上了護目鏡和面罩，大家自動保持一點五公尺的社交距離，餐廳異常安靜，每個人都加快了點餐速度，「嗶嗶」兩聲刷卡結帳完就急速帶著便當回辦公室座位用餐。我錯愕呆滯了半晌，懷疑自己是否到錯樓層、走錯地方？怎麼大家都噤若寒蟬？還是患了失語症？

下午二點開部門線上會議，只能隔著螢幕看到同事戴著口罩的臉，口罩掩蓋下的聲音，像夏日午後的悶雷，低沉鬱悶。一張張播放中的ppt宛如跑馬燈，聽得出來報告者都很認真，但我仍禁不住恍神迷走……。

公公的病情變化反覆，本來在加護病房，每天仍有三十分鐘的探視時間，穿好隔離衣、戴好消毒手套，仍可握握他的手，摸摸他的額頭，跟他報告今天幾月幾號，農曆幾月幾號，雖然一路從清明節報到端午節，再到中元節，公公後來下轉呼吸照護病房，很快三級警戒下來，醫院全面禁止探視。

好不容易透過醫院個管師的手機連線視訊，已經是兩個星期後的事了，手機那端的老人家因氣切插管無法言語，眼睛盯著小小的視屏，看得出來他看到睽違已久的我們，有一些些驚喜，我們一直試圖向他解釋我們無法前去探視他的原因，但不知道他聽不聽得懂？在視訊的當下，他的眼神有時會閃過一絲困惑：為什麼都不來看我？

七月八日早上，我接種了ＡＺ疫苗，本來以為沒事，但到下午發燒、畏寒、全身肌肉痠痛，體溫一路飆升到三十九度，吃了普拿疼退燒。看了疫苗接種衛教單，放心許多，那些都是疫苗副作用，強調發燒是常見的醫學徵象之一，體溫上升可強化免疫細胞。

後來，接到醫院的病危通知，是星期天早上，醫院說：肺部發炎的藥已用到極限，血壓一直掉，升壓劑也已打到極限，叫我們要有心理準備，我們央求讓家屬前往探視。進到加護病房一號床，雖有黃色燈泡照燈保暖，但公公的手、額頭仍顯得冰冰涼涼的，我們喊著「爸！恁要加油！」孩子喊著「阿公！恁一定要好起好喔！」但公公已沒有任何反應，我們摸摸他略顯浮腫的雙手，讓他重新感覺我們的溫度，我們是陪在他身邊的。

之後，就如同所有人要走的道路，我們陪著公公到殯儀館，讓他的遺體暫存在冰櫃室，號碼整齊羅列的一個個冰櫃，溫度零下五到十度，一打開來霧氣瀰漫。公公告別了人世的春暖、溽暑、秋霜，走向九泉寒冬。

本文原刊於《中華日報》副刊二〇二二年八月三十一日

黃昏石坊

這是全省僅存的十三座石坊中，位於新竹市石坊街的楊氏節孝坊。原本巍峨傲岸的姿態，已漸漸敵不過兩旁高樓的仄逼脅迫，委屈地在眾多屋簷的圍攻夾殺下求生存。這座石坊，雖走過百年歷史，至今卻只剩下仍忍受著風雨摧殘的石柱，呼應著楊姓女子的柔韌與堅毅。

遠遠望去，牌坊兀自立於街尾的身影，好像一道枷鎖，無言地禁錮著女子的自由。可以想見當年牌坊落成後，整條石坊街里巷的女子，是以如何戰戰兢兢的心情，日日經過牌坊底下，仰視鐫刻於上、崇高無比的「天旌節孝」四字，每每一抬頭就有牢不可破的守貞戒律在叮嚀著。楊氏當年受到道光皇帝的皇恩榮寵，熱熱鬧鬧地在牌坊上留下雙龍合抱的「聖旨」遺跡，以及表彰節孝的對聯，鐵畫銀鉤地鐫刻於牌坊上。

這座象徵女子節孝精神的牌坊，不僅代表著楊氏含淚出頭的一天，更標幟著附近居家百姓同沾雨露的無上光榮，單看此地以「石坊」名街即可知。那樣的地標，是節孝的光環所鑄，是埋葬女子的青春容顏所成。

走在石坊街，腳下踩著當初漂洋過海而來的花崗石，據載這些石頭與牌坊一樣古老，都是道光皇帝下詔鋪設。牌坊附近低矮的屋簷已不多見，目前只有那小小、僅容一輛車通行的街道，可以嗅出古老的歷史況味。

石坊冰冷，腦中卻盤旋縈繞百年前牌坊落成時熱鬧滾滾的街景，那喜氣洋洋的紅綵帶紮在牌坊上方，嶄新而且雕工精美的牌坊被里民團團圍繞，鞭炮聲不絕於耳，賀客往來川流不息進出楊寡婦家，楊寡婦蒼老的臉上有欣慰的笑容。一幕又一幕的畫面，在心頭流轉，裹小腳的年代裡，有多少同樣的故事，一遍又一遍重演，一次又一次禁錮女子的身軀與思想。

在舊價值觀不斷剝蝕殞落的今日，石坊的存在，受到頗多的爭議，有人視「貞節牌坊」為壓榨女性最徹底的桎梏，更有許多人認為貞節牌坊至今仍影響附近女性的婚姻觀，甚至衍生出交通與房屋改建等等問題，遷移石坊的聲音不斷此起彼落。

而另一派捍衛史蹟之士，卻不斷為石坊請命，強調石坊是文化與歷史的遺跡珍寶，不應任意移植，更不該腰斬史蹟與地方淵遠流長的臍帶關係。

黃昏時的牌坊，有種寂寥，車輛來往穿梭在石坊的石柱間，孩童偶爾圍繞著石坊玩起躲貓貓，卻不曾問過石坊的由來。楊寡婦守貞不渝、孝順公婆、獨力撫養子女的事蹟，亦只有在憑弔古蹟的遊客與學者的口耳中傳誦著。伸手輕撫石柱，它堅硬如昔，只是曾經轟轟烈烈的道德光環，緩緩隱沒在黃昏的夕照下，附近孩童的嬉鬧聲更映襯了百年石坊的孤寂。

盛夏茉莉

夜裡十點多，庭院花圃熒黃的燈準時熄滅，家人都已上樓休息。我兀自拎著廚餘果皮，前往五十公尺外的廚餘桶傾倒，這是我每晚最後一件家事。

有時明月皎皎，還不覺夜幕的闃暗，反倒有「山月隨人歸」的興致，那樣一點點自天上流轉下來的光線特別柔和，在瞳眸放大之際有一種撫慰的溫暖，讓自己不懼怕深巷的犬吠。也曾想央求外子陪同前往，但總是念及他在高科技公司上班，這樣的小事還勞煩他，遂覺不忍。

但有時夜真的闃黑如墨，一開客廳的門，整片晦暗如一張網，讓你無所遁逃。今晚我才打開門，往前邁一、兩步，卻彷彿覺得門外花圃有幾盞瑩玉潔白靜定的小燈，在夜的烘襯下還伴著似近似遠、若有若無、裊裊縹緲的幽香。湊近一看，是那株茉莉在夜裡盛放，瑩白如雪，一朵、兩朵、三朵……，綻放的姿態各自不同。此時夜色黯黑朦朧不透光，月兒星子都潛藏。

我加快腳步倒完廚餘，回頭端詳這株盆中茉莉。許多白色的蓓蕾散在枝椏各處，彷彿在等待時間的醞釀，再慢慢舒卷月牙似的花瓣；有些已盛放的花朵則高踞枝頭，層層疊疊舒展開來的花瓣，具體而微恰似極精緻的新娘禮服裙紗，沒有一朵花的型態是完全一樣的，每一朵都示現了造物化育者的完美圖譜。

就在二、三年前吧！鰥居的公公從南部搬來同住，婆婆走得早，公公一直未再娶，辛苦擺攤作生意，一路栽培先生到研究所畢業，同時扮演著父兼母職的角色。公公北上同住，讓平靜的生活起了極大的變化。剛開始，還客客氣氣，但是畢竟南部的「公媽神明都請上來了」，代表公公也想在兒子身邊長住，於是宣示主權的動作頻頻，公公開始擺起架子，百般挑剔。戰場是從門前的花圃開始延燒，他將我搬來以後辛苦栽種的秋海棠、非洲鳳仙、韓國草皮……鏟除，挖出一隴菜圃，並用臺語大聲罵著：「幹恁娘！攏種一些沒效的東西！」，然後將蒜頭、蔥頭種入土裡。我生氣、震驚，平日生活上的摩擦隔閡委屈彷彿都在土塊被翻起的瞬間爆發，所有的花草都遭殃，土裡的全被翻起鞭屍，盆裡的全都被倒栽蔥，枝葉橫飛，花朵凋零，戰況慘烈狼藉……。

這株茉莉是在烽火煙硝中搶救回來的，當時已被「家暴」得懨懨一息，根已離土，枝葉分岔。重新覆土種回盆中，就讓時間來療癒吧！記得這株茉莉是我和先生於蜜月時在彰化田尾買回來栽種的，公公不會懂得她對我的意義，就如我不懂蔥蒜對他的意義。第一個夏天過去，在盆裡養得結實，等著她開花，孰料第二個夏天即慘遭橫禍，但沒想到她如此韌性，第三個盛夏，滿盆繁花。

如今，花圃菜園楚河漢界，一半蔥蒜，一半花草，暫且相安。

本文原刊於《中華日報》副刊二〇二〇年九月二十九日

想念那片海

至今仍不能忘記那一片海洋。悠悠晃晃的海水波動著，燦爛千陽折射進海底碎裂成無數的斑斕光點，彷彿你跟著光點走，就能發現這島嶼最幽深的秘境。回想起在東經一二一度、北緯二十二度的蕞爾綠島三天，仍覺得只是一場閃爍的夢境。

從臺東坐船開始，海的氣息滲透進肌膚每一個毛細孔，船隻筆直前行將海面切割成數條浪痕，白色的浪花浮沫堆疊在船舷邊，整個人彷彿被海水輕輕托起，隨著浪湧忽上忽下。前方是遼敻浩渺的海天一色，遠遠眺望，像是往世界的盡頭一路迤邐前行。陽光的腳步輕輕挪移，帶著鹹味的海風拂面而來，鳴笛的船隻如星子般散布在這廣袤的大海，在島嶼和島嶼之間接引想一窺海底面紗的人們。

一直對那幽黯闃黑深不可測的海充滿崇拜敬畏，其實更多的是無法名狀的恐懼。但是今天無論如何，終於，可以用身體去貼近一直環繞在島嶼四周的洋流，內心溢滿了興奮期待。在換上潛水衣及蛙鞋的同時，感覺自己要退化成兩棲類動物了，面鏡、呼吸管戴妥後，一場華麗而壯闊的海洋詠嘆調即將在眼前展開。

剛開始因為沒有陸地上平穩的重力支撐著，涉入海中時步伐還踉踉蹌蹌，慢慢地身體以魚的姿態匍匐泅泳，四周漫漶的水流開始從難以辨識的方向綿綿襲滲而來，裏在潛水衣裡的身軀，因海水的溫度而感覺冷。在水中，色、聲、香、味、觸、法彷彿都空蕩蕩無所憑依，只見氣泡從呼吸管下層往上漂浮。

前行，以極慢板的速度。透過面鏡望出去，景物開始如萬花筒般瞬間流轉變幻，水的色澤從淺淺帶著混濁的牛奶綠，漸漸往前浸染，淺藍、深藍、靛青……，不同的漸層就如一圈圈的同心圓展開，眼前景象陡然一變——這裡潛藏著不同於陸地具體而微的另一個世界，生機蓬勃盎然。當你不斷撥著水往前行時，不經意地發現開始有魚群逡巡在身邊，眼睛骨碌碌地轉著，鬼鬼祟祟地覷著你。當然，你叫不出牠們的名字，只有橘、黑、白相間的小丑魚最好認。其餘每個身披斑斕彩衣：紅的火紅、藍的碧藍、黃的亮黃……，那極端醒目鮮豔的顏色就這樣嵌在流線形的魚體上，當牠們一群款款擺動著背鰭、尾鰭，你會深信牠們是穿梭在這大海舞臺的舞蹈精靈，如此天真爛漫、如此怡然自得，或嬉戲於石頭岩縫間、或覓食於荇荇海藻間、或仰臥於造型奇特的珊瑚觸手間，含哺而熙，鼓腹而游，不知外面的乾坤日夜。

於是，順著水流，你也忘記了時間，忘記是身處在島嶼東南方的太平洋，忘記是從一個邊邊的蕞爾小島潛入這佈滿珊瑚礁及魚群的秘境。在夜裡，仰臥在海底溫泉觀星，每一顆星子都美麗，微微翕動如那眨呀眨的魚眼睛。

本文原刊於《自由時報》花編版二〇一六年一月三十日

記憶海岸

而今，那群朋友早已星散，如參與商。

花東海岸的濤聲如定音鼓，聲聲來襲即將入眠的形軀，彷彿原始部落營火升起時的野性魅惑，一群人跨上摩托車尋覓可眺望海景的涼亭，或臥或坐，夜裡的風颯颯蕭蕭，在海的面前，我們靜謐溫馴。

披襟當風，如魚回味海的鹹濕。

夜裡的海岸迥然不同陽光迤邐的波光瀲灩，陽光下湛藍海岸清楚的彎曲弧度，有如觀音山的稜線，靜靜撫慰人心，海、陽光、燦爛一股腦兒乍現；而夜裡的海岸如黑絲帶，前進後退、消蝕增長，都蘊藏著深奧的哲思，讓鳶飛魚躍的心變得謙卑惶恐，尤其由三仙臺北上石雨傘一帶，星羅棋布的海岸礁石筆直伸入海水，因海蝕作用與石頭質地的不同，奇岩怪石兀立於深深淺淺的海域中，像海所捏塑的石雕，讓魚龍得以悲嘯潛藏，靜聽彷若愛琴海令人迷眩的歌聲神話，在此繚繞迴盪。才知海岸不只是海岸，它包含著人類對大自然的匍匐與崇拜。

「是誰在海的那端點了燈火？」一伙伴問著。星光與遠處漁火輝映，暗示舟子的豐收……，海岸只是沈默等待。

海岸依舊無言，多年後我在同一個涼亭眺望相同的海岸，身旁烤魷魚與香腸的煙燻瀰漫，我憑弔記憶裡的海岸。

本文原刊於《聯合報》副刊一九九八年十一月二十一日

尋找藍寶石

那一夜，在綠島，潑墨蒼穹就這樣一片片、一層層揭開它如霧的眼睛，眨巴眨巴滿天星子豁然開朗，連路燈都捨不得來這與月光爭寵，沒有光害的綠島，是靜靜徜徉在大海搖籃的一塊淨土。（只要人們放棄對政治犯與黑道大哥的遐想）我們徜徉在海底溫泉池，用仰漂的姿勢，泅泳於銀河星系，腳底傳來陣陣地熱，方知地心也不甘寂寞，透過水溫傳達熱情。

一行人大啖完二鍋羊肉爐後，老闆建議夜遊尋找藍寶石，原來藍寶石是指梅花鹿在夜裡閃爍璀燦藍色光芒的眼睛。大夥於是對澄藍如水的眼神興起了痴想嚮慕，繞過山巔水涯尋找梅花烙記如雪的輕蹄，想與柔媚的牠形成對望的角度，讓我們的黑白寶石凝睇藍藍閃閃的鹿眼。

然而，藍寶石終究成為夜裡的神話，牠隱於綠島的沈沈墨色中，躲在鹿草叢中驚矍地注視著狂歌大笑的遊客。這是我最浪漫的一次夜遊，因為有藍寶石的誘惑。

本文原刊於《聯合報》副刊一九九九年九月一日

松煙註一——觀二〇一八雲門池上秋收稻穗藝術節

以漫天廣袤的穹廬為天幕，以層巒疊嶂的群山為翼幕，流金稻穗讓長方形的舞臺無限延伸在這天地玄黃之間。

第一幕六名女舞者彷彿是女媧所捏塑的人偶翩然從阡陌小徑躍入舞臺，在宇宙洪荒間啟動生命之鑰，翻滾的舞姿如稻禾翻捲。上半身著肉色緊身衣接近赤裸，有初生的意象；下半身著白色絲質寬口褲裙，有純粹的神聖、凜然不可犯的冰清玉潔！

舞者在舞臺上持續聚斂發散，發散聚斂，掠過天空的飛鳥如常地撲打羽翼，在舞臺上方劃出流線形曲線。護衛著縱谷的海岸山脈則以無聲勝有聲的強者之姿靜定、摒息著。

霎時間，舞臺右側響起如火車鳴笛般似近實遠的低音木管嗚嗚聲。九個穿著黑紗絲綢寬口褲裙的男舞者從容地從田埂步道魚貫地躍入舞臺，搶眼的黑色如蘸滿墨汁的毛筆在天地這張大宣紙揮毫書寫。赤裸的上半身隨著手勢的舞動升起，線條亦剛亦柔，縱橫不同的排列組合，使天地這張大宣紙有了具體而微的語彙。

女舞者的白色裙裾與男舞者的黑色褲裙相輝映，形成書法最純粹的俐落，也彷彿是在美麗的花東縱谷間譜寫著生命的淺斟低唱，低音木管持續咿嗚，高亢的嗩吶與低音小喇叭深沈對話，與風在這山谷田野間合奏共舞。舞臺淺灰，九個男舞者如星羅棋布的流動棋子，持續走著、持續寫著、持續揮灑著松墨燃燒的香氣。

音樂自遠遠的天邊傳來，如懸於簷間的竹片風鈴，窸窸窣窣，時時迴盪在表演者與觀眾之間。惚兮恍兮，恍兮惚兮，男女舞者交錯綜列，用身體在廣袤的稻田宣紙需墨寫字。音樂節奏突變如利刃切割金屬般清厲刺耳，舞臺上只剩一對男女獨舞著，女舞者的白色裙裾不知何時已卸下，留下單純的肉身與與著黑色褲裙的男舞者繾綣形成對話。

註一　松煙墨的簡稱，由燃燒松樹煙氣凝結而成的黑灰來製墨，是屬質料較好的墨，今以安徽省所產的松煙墨最好。

此時兩位獨舞者的身體用最大的線條張力去詮釋松煙灰飛煙滅的急遽殞落感，配合著擊鼓、擊缽、撞鐘、搖鈴的鏗鏘節奏，在每一擊、每一敲中舞者還必須準確地在高亢的嗩吶聲中劃出線條。風起雲飛、張牙舞爪，遠處的青山似乎被喚醒，群山萬壑在山嵐雲霧的勾勒點描、在舞者的急速流動間，逐漸交疊，看似漸次分明，卻又逐層漫漶相濡。此時感覺松木已在烈火中燃成灰燼，而縹緲的煙霧則嬝嬝翳入天聽，松木的肉身已盡，而魂魄入墨，在黑白的線條間，一撇一捺，莊嚴肅穆地書寫，不疾不徐，以篆、以楷、以隸、以行、以草釋放松煙之靈。

喇叭、嗩吶、低音大提琴持續嗡鳴，聲量漸次加大。池上稻穗默默抽高身長，而「松煙」舞作是澆灌它們的墨漿玉液。

後記：二〇一九年十月二十六日於臺中歌劇院觀賞林懷民老師告別雲門之作〈秋水〉，聽老師緩緩敘說著交棒之事，「松煙」的意象又從眼前升起，四十六年九十支舞作，何其艱辛！何其不易！但是傳承的墨香未曾稍歇。

夏末秋初的論文

其實，時間是不屬於任何人的。

一　夏末秋初的某一天夜裡

一九九〇年七月三十一日

蟬噪掀天的夏季末尾，空氣裡飄浮著很不沈穩的因子。指導教授約了我們去拜訪師祖（老師的老師），原先以爲是極嚴肅的會談訪晤，後來發覺完全錯了……。

深夜裡，重新面對論文，自己卻連一個詞彙、一個數據也寫不下、裝不進。我要重新思考的不是繁複的電子微積分，而是另一個課題。

二　五天前

我租賃的這間房屋，靠近殯儀館很近，你是知道的，這一帶房租較便宜，對個窮研究生來說，是很理想的，和四人一間的宿舍比較起來。

殯儀館，嗯，我是可以忍受終年新鮮花圈輓聯不斷、偶有樂隊吹吹打打的地方。其實，想通一點，在這世界上，每秒的死亡累積人數，不是電子計算機所能按出來的，就像我研究的論文題目一樣，每天總有新的數據，一直在改變，誰也無法將世界定於恆久不變的狀態。

五天前，我才有一絲厭惡這裡的念頭，原因是我目睹了一件車禍，有人當場鮮血如注，然後……，就直接送到殯儀館的洗屍間了，這整個事件的過程，也不到一小時，讓人無法揣測存在與死亡的距離，生前與死後都是幽幽長長的甬道，沒有人能正確的告訴我們，那是怎樣的世界？我突然想到自己成天與死亡爲鄰而不自知，於是有厭惡的念頭，雖然我的確住不起其他地方。

三　一九九〇年七月三十一日

我在一大堆數據及電路圖上盤桓我的思慮。如果一切事物均如科學般可以理解、可以有一定的數據可以測量，這世界，就簡單太多了，不會有衝突與糾紛，不會有任何的失序了。學理工的比較天真，不是嗎？這是我當初選擇科系很大的因素，我可以對一切的公式、原理原則，前前後後的探索清楚，但是，一旦面臨科學與人，我發覺自己變得多麼虛弱，這二者間的橋樑，我始終納悶著當中的可通性，就像我看愛因斯坦的相對論一樣，相對論之於我，其實是一門哲學，因爲愛因斯坦找到了生命在相對論裡。

論文上機械式的數據一二三四五六……對我征征的望著，這些簡單的數據，讓我想起今天師祖家的時鐘，偌大的空間裡，除了一個古鐘來回擺盪的聲音外，只有日影斜斜悄悄的挪移，從這頭到那頭，時針分針在一二三四五……十二上追逐，日子成爲鐘面上的刻度，日子成爲一種擺渡，在光亮與黑暗間，在生命與死亡間，我驀然了解數據的涵意，師祖大半生消磨在數字堆裡，而晚年依然擺盪在時間的數據裡。時間與生命的拔河，生命終歸是隕落的。

「我有幾件事想請教師祖呢！關於電子網路的問題……」我們班小麥首先發難，充滿自信的問著。

「其實，電路、電子學的問題，到最後終歸是一種答案——無解。」師祖只說了這樣，讓我們噤聲了，只是默默在偌大的空間裡，靜謐的與時間交談著

師祖搖搖晃晃的搖椅，始終讓我心神不寧，因爲我總把它與鐘擺聯想在一起，我誠然不能了解師祖是老僧入定的釋然，還是只是在等待，等待與時間化爲同一步調，與原子、電子、分子同樣歸入物質不滅。我虛虛晃晃的想著，每個老人身上屬於死亡的記號——白髮、皺紋、假牙……，包括我的爺爺我的父親，以及我自己。也就是在一年前，我才意識到「死亡」這個國度，那是有關爺爺的死……，我翻出一年前的日記。

四　一年前

一九八九年七月二日

濃雲密佈，我從臺北的研究室趕回老家新竹，一進門，到處都是白色的布幔，大夥忙著在潮濕的地上架設帆布棚，動用了幾盞老舊的燈，把家前的院宅打得透亮，大廳裡有斷斷續續的哭聲。我一進門、披麻帶孝的父親便要我在爺爺的遺像前叩頭跪拜，我照做了，只是覺得挺荒謬的，如果生者對死者是一種超越害怕的敬重，那麼一切的祝禱、跪叩、喪儀，是不是對死者的負荷呢？我沒說，因爲我總是個循規蹈距的人，就像電子的軌道一樣，總知道下一個步驟。

一九八九年七月十六日

守在靈堂，已經是第十四天了。整個喪禮的過程，我變得沈默、變得無可奈何，喪禮已變質成爲生者與生者的相互安慰。對於躺在靈柩的爺爺呢？我無法想像他到那一個國度去了？有幾個守靈的夜晚，我睡不著，我甚至想與爺爺對話：「爺爺，你寂寞嗎？你到那裡去了？那裡好嗎？」很愚蠢的念頭，如果我得到爺爺這樣的答案：「我已到另一個國度裡，開始另一段生命」，那又能如何呢？我對著爺爺的黑白遺像發呆，爺爺那張相片，漾著淺淺的笑，一種老人特有的和藹，在黑色的相框裡。

如果我有宗教信仰就好了，那樣我就會相信死後是到天堂，是到一個美好的國度，但是我沒有，一直覺得，即使是宗教，對於生命、死亡未可知的預測，只是安撫人類慌張的心靈罷！

炎炎夏季，靈柩裡有了動靜，是一股屍味，人死後留不住的軀殼，開始消失的前兆。

一九八九年八月

今天是爺爺的七七，照例又是一場繁複的祭禮，超渡唸經的和尚道士，聲調與木魚聲相應相和，整間大廳瀰漫著濃郁的檀香味，繚繞的煙一直刺激著鼻子、眼睛，眼淚一直冒著。紙錢化成灰飛著飄著，有些附在麻衣上。

結束了七七，我又將回到研究室裡，心裡有一股說不出的疲累，比在家裡跪、叩、行禮更累，發覺自己是在人生跑道上，拼命追逐的人，我無法改變這樣的追逐，人總有太多的責任要背著，從一生下來即開始，如果這樣想，我會對死亡存著某種嚮往。

五　一年後

一九九〇年七月三十一日

說也可笑，一年前與一年後的自己，仍守在同樣的空間裡，過著每天二十四小時的日子，分秒不少。我想到爺爺去世時，自己對生活的倦怠感、對死亡的嚮往，但我今天仍呼吸著臺北的空氣。發覺自己被無名的引力一直牽引著，去適應各種問題、去解開生活的倦怠，即使再疲憊，我仍然踏著一樣的步伐，在租貸的房屋與研究室間，我重複著生活。我可以預想到未來的日子與光景——

一九九一年——碩士學位
一九九五年——博士學位
一九九六年——結婚
一九九七年——生子……
一九九八年——師祖的搖椅
一九九九年——爺爺的靈柩

六　一九九〇年八月一日

依舊蟬噪掀天，我在研究室裡側耳聽著，並盤算著電子微積分的論文進度……

這個夏天的高潮。

本文榮獲一九九〇臺灣師大現代文學師鐸獎散文組第一名，後收入在《是你為我點了燈》一書。漢清出版公司編輯：《是你為我點了燈》（臺北：漢清出版公司，1990年）。

三跪九叩

女播報員：「本臺消息，一名發願以三步一跪、九步一叩的方式徒步環繞臺灣一周的和尚，目前已進第五十九天，由於本臺每日追蹤報導，使得全省民眾都得知這個消息，和尚所到之處，引起民眾的圍觀，交通為之堵塞。

和尚目前的精神狀況尚稱良好，動作緩慢卻能穩定持續……」

寂靜。夜裡悠悠轉醒，耳畔錄音機傳來縹縹緲緲、荏荏苒苒的故事。想著和尚的卓絕，不禁令人為之一顫。地平線一寸寸地被膝蓋推送著，星空也在穹頂上隱隱浮動，或許一步一種刺痛，正是別人的折磨、和尚的解脫。無法理解，為何選擇此種險灘做最堅定的跳躍與膜拜？或許大悲大喜輪迴的巨流，就要以最虔誠的傷口來撫平吧！或許也只有在痛苦的翻揀中，喜悅才能一一浮現。人能選擇一種卑微的煎熬來詮釋自己，畢竟也是一種動人的生命了悟。

女播報員：「本臺訪問了多位國內著名的專家學者，對這一事件紛紛表示了他們的看法：骨科權威陳大夫表示：由於長期不斷擠壓韌帶，他擔心和尚的韌帶會斷裂，將造成永久性的傷害。國內著名營養學者楊教授表示：如果和尚不注意營養……」

人生是一場斷夢，荏荏苒苒悠悠忽忽
塵緣已到盡頭，悲歡離合不在亂我

常想當以何種姿態翱翔，才算是生命！每個人似乎習慣把自己關在自衛體系中，以佔有及與人保持距離為安全措施。從小就習慣於別人安排的安全模式，當要為自己有所抉擇、有有改變時，反而需要莫大的勇氣！

和尚選擇了苦行僧的方式，自己是否也該瀝血去刻出每一步的深痕？長久以來，我是習慣於別人所安排的事、所安排的路，常常在許多抉擇的關卡，只需捺下手印，便可日復的日將年輕拋擲！「荊棘叢中立足易，水晶簾下轉身難」是我生命裡，一直遺忘的詩偈！

女播報員：「營養學者楊教授表示，如果和尚不注意營養，一路走下來可能會導致脫水或貧血，所以他建議和尚隨身多帶一些蛋和水果、牛奶。皮膚科主任醫師薛大夫表示：如果和尚不注意個人衛生……」

人常常是朝朝護惜、暮暮灌溉自己的喜樂悲痛，在小悲小喜的更迭頻率裡，蘊藉自己的沈思。常常太在乎、太憐惜自己了……，於是同樣的生命流瀉，有人活得飛揚拔扈！有人沈吟於苦痛中酸澀的美感！有人敢以三跪九叩換得一場生命的沈澱。對於平凡的眾生而言，我們只習慣在一片佛寺的木魚聲中，換取貧瘠的寧靜。

風，涼涼地飄著，我無預測、也無所希冀和尚的結局。很多時候，我必需學習隔離；必需學習於外在的困擾中，增強個人生活的感覺，必需學習磐石……。

女播報員：「皮膚科主任薛大夫表示，如果和尚不注意個人衛生、長期汗水沈積在腹股溝，容易生股溝癬……」

一步一種刺痛，別人的折磨，我的解脫。

失去與獲得，常是念頭的轉換。和尚早已超越自己的苦難，一次次、一步步品嘗苦澀的滋味，將之釀成喜悅。對生命，和尚早已有所「放下」、有所「承擔」。

斜風，猶在。

想望，苦行僧的姿態。

女播報員：「心理學家魏教授表示，這位和尚可能以前做過什麼虧心事，如今才以這樣自虐的方式來贖罪。

中部某縣警察局長表示：由於和尚造成圍觀堵塞交通，交通大隊深感困擾，所以他呼籲民眾以後儘量不要有類似的舉動。

以上是本臺為您所作的報導，新聞播報完畢……」

寂寥書院

年初到海南島度假的最後一天清晨，造訪了瓊臺書院，遊客甚稀，院中兩排對生的雞蛋花樹綠葉盡脫，只剩空蕩蕩的枝椏，在引領等待開春的暖陽。

從庭院最深處的主樓魁星樓二樓往外眺望，盡是光影游移，已不聞當年讀書聲琅琅。樓中還保留著當時執教者的「掌教書房」、「掌教臥室」，不難想見地處天涯海角的瓊州

中間迴廊兩排的雞蛋花樹是海南島瓊臺書院的一道風景（攝影：廖文麗）

第一學府，在當時是如何孜孜矻矻地作育菁莪。不禁肅然，在這綠瓦、白牆、紅廊的聖殿，曾經蘊育多少讀書人迢遙的科舉夢啊！

我在低迴流連之際，總是想起元稹的《行宮》一詩：「寥落古行宮，宮花寂寞紅」。書院雖非繁華落盡的行宮，但踽踽獨行時，總有無限的悼古情懷。信步漫走，一朵淺黃色的雞蛋花從枝椏頂端旋舞落下，我輕輕地，將它拾起，紀念。

高棉的微笑——巴揚寺（Bayon）

從炎熱的柬埔寨回到臺灣時，整座島正籠罩在寒流中，身體調節溫度的能力遠比心裡來得快，加件毛衣、厚外套就足以使身子變暖，然而心裡對那隱身在熱帶叢林的吳哥美景卻是久久無法忘懷，巴揚寺五十四座寶塔二百多個神祕微笑，迴旋轉身之間，四面都是平靜而安詳的笑臉，讓人彷彿置身在闍耶跋摩七世所倡導的佛的國度，滿心慈悲法喜。

闍耶跋摩七世在吳哥王朝留下無數宏偉的建築：達松將軍廟、涅盤宮、寶劍塔及塔普倫寺，讓人感受到王朝不可一世的富強興盛，那一石一磚的寫實雕鑿，風格大器壯闊，雖經幾百年的雨淋風化，仍絲毫不減損它震懾人的力量。

吳哥窟的發現是一大奇蹟。據說吳哥城在西元一四三一年遭暹羅入侵，受到殘酷的屠城命運，當時死了很多人，接著又發生了瘟疫，活著的人也相繼逃亡，於是吳哥變成空城，湮沒在荒煙蔓草間。直至一八六〇年法國的博物學家享利·穆奧（Henri Mouhot）根據元成宗時周達觀所著的《真臘風土記》，一路航行最後抵達洞里薩湖，在榛莽荒穢的叢林間披荊斬棘終於發現了吳哥遺址，使得隱密了將近五百年的吳哥文明重現於世。

在下午時分造訪巴揚寺，仰頭望向闍耶跋摩七世泛著神祕的微笑，彷彿他仍像當初一樣，俯視著他的王國、他的子民，時間長河不停的流動，然而那樣的笑容卻像一朵初綻的蓮花，凝結在我心中，帶來無限的芬芳與寧靜。

闍耶跋摩七世永恆的微笑（攝影：陳宏名）

乘著夢的翅膀飛行——義大利冬之旅

文字／廖文麗
攝影／陳宏名

彷彿處在夢的邊緣，時醒時睡的十七小時航程，耳際充盈著斷斷續續的夢囈，旅行前剛讀完的《達文西密碼》一幕幕躍入眼簾，現實與夢境、邏輯與虛構不斷穿插，直到羅馬達文西機場中的「維特魯威人」木雕提醒了我，我的確已踩在羅馬的土地上。友人多次告訴我他的感覺：「羅馬像是個已開發的三流都市。」然而這句話並未破壞我對羅馬的憧憬：它是一座古城，一座靜止在二千多年前時光迴廊的城市。整趟的義大利之旅，也在感性的想像與理性的印證中幽幽展開……。

西耶納

繞過長長的、蜿蜒的路，驅車前往西耶納，沿路還有未融的殘雪。樹稍、枝頭棲息的寒鴉飛掠眼際，有冬天的單調、冬天的孤絕、冬天的冷清，然而四度的冷冽絕不掩西耶納的風華……。信步在西耶納隨處均有令入驚喜的街景，前往貝殼廣場、歡喜泉的步道上正有這種感覺，一瞥眼、一個驀然回首，斑駁的古牆或者門上的雕飾，觸目可及的雕像，你很難想像你已經走入時光隧道，回到十三、十四世紀的古城，伴隨著拉丁文化的舞步輕揚婆娑。在巷弄與巷弄的縫隙間看到貝殼廣場，大略分成九大塊區域，亦是殘雪皚皚，有小孩沿著彎曲的弧線在滑雪。歡喜泉上有奎爾西亞所設計的聖母浮

西耶納貝殼廣場

雕、舊約故事，還有動物與小孩，這些都在廣場上方正中央靜靜鵠立守候，噴泉口都已結冰，雕像似顯寂寞，彷彿在冬眠。

西耶納除了主座教堂外，還有一個聖道奇教堂，乃當地人為紀念聖凱薩琳（又譯成聖加德連）修女而建。這位修女自小顯現她在宗教上的傾向與神的緣份，喜歡祈禱及與神溝通，奉神之旨而賜予神婚，教堂裡頭供著她的頭顱骨及一節指骨，未有令人寒顫的陰森，倒有一份莊嚴與肅穆，白色蠟燭的輝光，搖曳著虔敬的氛圍。

比薩

當晚在比薩下榻的旅館，正好在比薩斜塔附近，夜遊斜塔，真不敢相信它就在咫尺，一個建築奇蹟。當年天才科學家伽利略從塔的南面上方拋下兩個大小不同的球，進而否定了亞里斯多德自由落體加速度的理論，不禁莞爾，斜塔與科學家互相見證彼此存在的重要。隔天一早，散步到比薩主教堂、洗禮堂及斜塔（鐘塔）前，擺個雙手托塔及單腳擎塔的酷樣照相，funny！接著購票進入斜塔，（為了維護斜塔，人數有定額限制），揣著得來不易的票，一口氣爬了八樓，內部階梯皆傾斜，雖然從一九九〇至二〇〇一年透過工程復建，可是誰知這巨人會不會在瞬時間轟然頹圮，或者灰飛煙滅？所以踩在階梯上的每一步伐，均顯得彌足珍貴且戰戰兢兢，而在塔頂上遠眺，天地悠悠、亞諾河脈脈、充耳的風息息，站在歷史的高度凝睇自己的微渺，有了更謙卑的自覺。

而主教堂與洗禮堂宏偉傲岸，拜占庭式的圓頂，倫巴底風格的長廊頂部、半壁柱、連拱廊，拉丁十字型的佈局，還有伊斯蘭藝術樣式，充分融合而不顯突兀，或許這就是羅馬帝國強盛的原因吧！如此兼容並蓄！

比薩斜塔

佛羅倫斯

佛羅倫斯令人屏氣凝神的聖母百花大教堂，單純的正圓拱門及流暢明快的直線，還有令人不得不被它吸引的一〇六公尺高的八角形圓頂，不僅開啟了「文藝復興式建築」的先河，外觀鮮豔亮麗的紅色、綠色、白色都是用大理石拼貼出來，在在訴說佛羅倫斯當年的繁榮富裕與獨特品味。對面的洗禮堂正門是吉博蒂費時二十一年完成的「天堂之門」，金黃色的浮雕壁飾如此細膩完美，《舊約聖經》中的故事栩栩如生，彷若先知與女預言者在此垂訓。難怪米開朗基羅會盛讚說：「這真是一扇天堂之門。」

領主廣場前的雕像：大衛、美杜莎、海神巴斯特以及薩賓的掠奪，除了藝術美之外，亦是歷史的刻痕，在人文薈萃的文藝復興時代，更是藝術家彼此睥睨騁驁、各展其才之處。

中午於拿破崙的妹妹凱薩琳所居住過的寢宮用餐，奢華的擺設、壁畫、吊燈、裝飾令人驚嘆咋舌。當地的中文導覽李小姐，深入淺出地介紹寢宮及一小時四十分鐘的烏菲茲美術館講解，彷彿接受藝術史的洗禮。達文西、米開朗基羅、拉斐爾、堤香、波提切利、喬托……，一路不斷演進的繪畫技巧，由平面到透視，由宗教服務到異類自由題材，堤香的「維納斯」，波提切利「維納斯的誕生」、「春」……，自由的創作想像，讓人真正體嘗藝術的豐美，真蹟畫作的顏色經歷幾世紀仍然如此亮麗，不得不佩服那時人們對藝術的品味及勇於開創嘗試的精神。其實所謂文藝復興的精神，乃是讓藝術從「傳達聖意的工具」轉變到「自由自在呈現真正的美」，藝術家

佛羅倫斯聖母百花大教堂

們紛紛尋找更貼近人心人性的表達方式，這樣由靈魂深處的覺醒，使西方文明從死沈的宗教至上風格中解放出來，再次綻放光采逼人的風華。而佛羅倫斯（徐志摩譯為翡冷翠）即為醞釀這顆藝術種子的重鎮。

在佈滿藝術真跡的殿堂裡，美的視聽不斷在流動，無比細膩的堤香紅、堤香金在眼前流洩。正如李小姐所言（她已在當地定居，結婚生子）：「義大利人是真正的藝術家，小孩子亦不必急著補習趕場，而是享受美好的藝術氛圍，有太多的美術館、博物館要看……」，這種生活及思維方式人羨慕，就像西方人揹小娃兒的方式，他們喜歡讓小孩的臉向外看，讓眼睛去探索、去欣賞身邊不同的事物。

威尼斯

到威尼斯參觀聖馬可教堂及道奇宮，導覽傅小姐是大陸杭州人，口齒清晰流利，骨碌碌轉動的眼睛十分自信，講解道奇宮的擺設佈置，元老院之壯觀，十巨人的司法審判庭及議會廳，還有兵器大觀……，令人目不暇給，當時的政治、司法、

威尼斯面具狂歡節

選舉制度，至今仍斑斑可考，更遑論在偌大的總督府中許多精巧設計的小機關、名人的畫作，豐富的歷史見證都留在這經多年而不朽的建築、雕刻、壁畫上，時間的長河也因這些過往的風華而豐富。這些繁盛而豐美的歷史藝術饗宴，讓我想到人在追尋生命的定位時，悠遠的歷史已經為匆匆過客的我們交織了無數經線，而廣袤的世界也已為短暫的人生佈置了無數舞臺，就如李白所言：「夫天地者，萬物之逆旅；光陰者，百代之過客，而浮生若夢，為歡幾何？」人實在不該侷限自己的視野。

想著想著，已由運河岸邊小碼頭走到聖馬可廣場，一大群飛鴿密佈，人潮開闔聚散，時值威尼斯面具狂歡節，每隔幾秒鐘即有色彩鮮豔亮麗的各式面具造型出現眼前，這每每讓我想起「歌劇魅影」中的魅影，也許是那隱藏在面具下的臉孔勾起了想像，當面具後的那雙眼睛與你四目交接，裡頭的空洞與黝黑，正如此時黃昏威尼斯的天空有些陰沈，廣場旁百年咖啡館暈黃的燈泡盞盞亮起，漆著黑色泛亮的「貢多拉」船正穿梭縱橫在水巷間，斑駁的牆垣還留有水的刻痕，船首像刀又像斧的銀色金屬飾片，在潮水的拍打下泛著神祕的淒美！

維諾納

維諾納的史卡利傑羅橋，磚紅色的橋樑跨越阿迪捷河，橋樑的盡頭即是史卡利家族的城堡，由橋上遠望維諾納，似近實遠，遠方的枯樹枝椏只剩細長蕭索的枝幹在寒風哆嗦，河水悠悠泛著漣漪，中古世紀的懷舊氣氛油然興起，亦帶領我們輕聲走入莎士比亞的劇本中，剛到茱麗葉之家時，彷彿瞥見茱麗葉在她的陽臺上，輕輕喟嘆著：「哦！羅密歐，為什麼你是羅密歐？」一段熾熱的情愛熊熊燃燒，即便是「生於火，卒於灰燼」的苦痛過程，亦願意彼此廝守，一起飄零於宇宙無垠，直至歸零。貼在牆面上無數情侶的誓約只是庸俗的告白，真正證諸天地的是「問世間情為何物？直教人生死兩相許」的死生契闊。這樣的愛真是生命中無法承受之重啊！

維諾納的巷弄非常安靜，即便是市中心的阿雷那競技場、藥草廣場，亦有種恬靜的悠閒，看看市集上油亮嫩綠的蔬果，我才漸漸從莎士比亞的劇本中甦醒過來，重新嗅聞人間煙火。

維諾納茱麗葉之家

米蘭

當站在米蘭大教堂的的屋頂時（可搭電梯直達），黃金聖母像就在眼前，距離天堂似乎只有一箭步之遙，屋頂上層巒起伏的尖塔彷若陣陣襲來的潮水，龐大的美麗：尖拱、扶壁、飛扶壁、彩繪花窗在一瞬間撞擊視網膜，留下永恆的影像。而真正進入教堂時的那股莊嚴肅穆氣氛，好像有神的引領，讓我不知不覺就坐在椅子上俯首默禱，偌大的兩排石柱直抵挑高的屋頂，宗教聖殿的力量令人匍匐。

艾曼紐二世拱廊，是一條精品名

米蘭大教堂

店，充滿時尚感，在最中心的地方有鋼鐵藝術時期興建的玻璃穹窿，以及代表歐亞美非四大洲的壁畫，中廊有繁複的馬賽克拼花地板，可愛的金牛大家都圍著牠轉圈圈。不禁羡慕起義大利人，連逛個街都時時沈浸於藝術氣氛中。不僅如此，街頭藝術家還真多，畫水彩畫、素描、彈吉他唱歌、拉小提琴已不算什麼，在米蘭大教堂前還看見一位拿響板跳踢踏舞的男士，神情專注陶醉，彷彿獻舞給神。

莎雷諾

大概是推理小說看太多了，夜臥火車之於我一直有一種神秘感，然而真正搭乘之後，所有的美麗如夢幻泡影消失得無影無蹤。從米蘭到莎雷諾，晚上七時許到隔天凌晨五時許，漫長的夜晚、晃動的車廂、不時有人經過的走道，還有必須到車廂後面如廁盥洗，東方快車謀殺案的情節不斷在腦海盤旋，在窄仄而且稍顯凌亂的臥鋪上幾至一夜無眠。

到莎雷諾小鎮時，天色未亮，火車還在朧朦的夜色裡冒著白煙喘氣，走出車站

阿瑪菲海岸

搭乘巴士前往拉維洛，鼻子口裡所呼出來的氣都成一縷白煙，在渾沌未鑿的幽暗晨熹中顯得特別清晰，當車子行經阿瑪菲海岸，在曖昧的晨光裡阿瑪菲海岸彷彿一只沈睡的藍色搖籃。

此時一心只想趕快見到南義溫暖的冬陽，一掃在北義的冷冽。沒想到今年氣候異常，幾天前南義才籠罩在一場大風雪中，蜿蜒而上的山路，兩旁厚厚的積雪彷彿洛磯山脈起伏的雪線，前往拉維洛一間小咖啡館的路上，山風冷峻地刮著，這到底是怎麼了？托斯卡尼的豔陽躲到那裡去了？瑟縮的頸項仍不禁哆嗦顫抖，穿越一條貼滿音樂海報及藝文活動的美麗隧道，冷風肆無忌憚地穿梭，咖啡館熱騰騰的卡布奇諾仍驅不走凍結的寒意，在南義的第一天居然比在北義還冷，咖啡館旁有一座白色教堂，從氤氳的落地窗看去彷彿是冰砌的雪屋。

卡布里島

蘇連多民謠之夜

卡布里島

到南義的第二天，陽光乍現，街道兩旁的行道樹是黃澄澄的橘子樹，沿著蘇連多街道走向碼頭，有吹口哨的心情，終於看到湛藍的海岸、淨白沙灘及成群覓食鷗鳥，波光粼粼中有一種地中海風情的慵懶，即使酣睡在白色屋頂上的貓咪，也有一種難以言喻的幸福，一種不被世俗干擾的靜謐。

乘船前往卡布里島，陽光逐漸加溫，海水的藍，房屋一逕的白，白色岩石所構成的卡布里島，在這時候只剩下藍與白漸層調和的對比。從奧古斯都花園的斷崖上往遠處眺，星羅棋布的岩塊散布在海中，那首民謠「Isle of Capri」（卡布里島）在耳際響起，飄飄乎有遺世而獨立的感覺。

晚上回到蘇連多，餐廳安排了民謠之夜，熱鬧歡騰的氣氛，拉丁式的熱情在鈴鼓、響板、吉他、熱舞中瀰漫，男歌者豪邁歌聲，女舞者輕盈的笑容與舞步，「Isle of Capri」、「O'sole mio」、「Santa Lucia」的歌聲還在夢中縈繞。

龐貝

龐貝古城的罹難者

龐貝——一個時光凍結在西元七十九年的城市。

遼闊湛藍的天空與不遠處的維蘇威火山呵成一氣，信步在龐貝的石頭街道，眼前所及處處是斷垣頹圮，但這也曾是處處井水人家。每走一步，鏡頭畫面也跟著還原到當時居民生活的點點滴滴：這裡是飯館餐廳，熱騰騰的爐子正溢著馬鈴薯濃湯的香味；這裡是公共浴池，淼淼氤氳的水氣往上竄流，泡澡的男男女女正閒話家常；而笙歌、划酒拳與調笑的歡謔聲，正從妓院的門縫中，帶著一絲絲的淫邪狎近來往的遊客……。

而曾幾何時，他們都成為火山灰覆蓋的遺體，那樣憂慮的愁容，那樣驚懼害怕的表情，那最後一刻的祈禱與僅存的希望……，都隨著愈來愈熾熱的火山岩漿幻化成絕望。在展示館前與兩千多年的遺跡對話，忽有一種念天地之悠悠的悽愴……。

提沃利

到提沃利的千泉宮，想到老殘講的：「五步一泉水，十步一垂楊」。這裡曾是古羅馬帝國全盛時期，詩人及富豪渡假的別墅，居高臨下的設計，以及由斜坡而下呈對稱式的梯田式花園，利用自然坡

提沃利千泉宮

度設計的露臺，還有無數的幽泉怪石，花草薈萃，才拾級而上，就瞥見泉水汩汩從方尖碑傾瀉而下，或是從神話怪獸的尖牙利齒中湧出，還有音樂噴泉的定時表演，另有一靜謐的湖泊，貴族們還可於此撐船呢！

從幽靜的千泉宮出來，剛好碰到提沃利小鎮的嘉年華會，熱鬧歡騰的節慶氣氛，每個小孩都裝扮的鮮豔亮麗，光彩奪目，遊行的表演隊伍都使出渾身解數，車隊中的酷哥勁妹放送無限的魅力，搏得無限掌聲，小販的吆喝聲亦不甘示弱，對照於千泉宮的幽靜，好像天上人間。

羅馬

羅馬夜遊，寫下義大利冬之旅最美的夜晚。原來一個城市的夜晚可以如此神祕浪漫、引人遐思，甚至發思古幽情，夜裡的羅馬競技場、古市集廢墟、君士坦丁凱旋門、愛神廟、聖天使古堡、米開朗基羅廣場、合約大道前的聖彼得大教堂，精心設計的探照燈打在這些古建築的一石一柱上，彷彿從歷史走出一位巨人，炫耀著往昔羅馬帝國的權威與傲慢。

而白天的羅馬車水馬龍，車輛穿梭往來，和一般城市一樣忙碌擾攘，然而轉身回眸，千年的歷史就在眼前，所以有人說：羅馬這城市有好幾層，層與層之間甚至相隔千年百年的歷史，往往步履所踩之處，盡是先人足跡。先至梵諦岡——教皇國，參觀費時一百五十年建成的聖彼得大教堂，裡頭的宗教氛圍令人肅穆，米開朗基羅二十三歲時所雕的「聖殤」，聖母抱著聖子的哀慟神情令人動容，這位巨匠對生命的體悟如此深刻，頑石在他手上都有了生命。而梵諦岡博物館的各式收藏有一種目不遐給的

羅馬聖天使古堡

米開朗基羅的「聖殤」

驚喜，眾多的雕像、畫作、聖經故事在瞬間襲來，是宗教、是藝術、是獻神、是救贖……，太多奇妙的感受在天靈蓋打轉，而進到了西斯汀禮拜堂，所有的雜念靜止，「最後的審判」就在眼前，末日的圖像如此清晰真實。而抬頭往上「創世紀」的拱頂壁畫，又有上帝的仁慈撫慰，天堂與地獄如此交錯，一切的冥頑也得以洗滌淨化。

迴異於夜晚的風華絕代，白天的羅馬競技場，好像還嗅得到殘酷的血腥與瘋狂的叫囂，格鬥士的生死搏擊與野獸奴隸的廝殺，嗜血的娛樂搬演上舞臺，滿足一雙雙飢渴亢奮的眼睛，然而這卻是兩千年前羅馬人的生活之一。踏上競技場的臺階，從依稀可辨的歷史場景，撫摩有些斑駁的牆垣，手指一陣驚顫，電光石火的剎那其實已經歷無數個永恆。

萬神殿的高大廊柱、廣場前聚集的人潮、街頭藝術家的手風琴、童稚的演唱、小提琴手的激昂……，許願池、西班牙臺階前無數的人潮，熱鬧的擁擠，嚐著奧黛麗赫本在「羅馬假期」中的老店冰淇淋，一切滋味，都收到記憶最底層，並且不曾融化。

羅馬競技場

詩文叢集 1301080

生命的私語

作　　者　廖文麗
責任編輯　陳宛妤
特約校稿　陳相誼

發 行 人　林慶彰
總 經 理　梁錦興
總 編 輯　張晏瑞
編 輯 所　萬卷樓圖書（股）公司
地　　址　臺北市羅斯福路二段 41 號 6 樓之 3
電　　話　(02)23216565
傳　　真　(02)23218698

發　　行　萬卷樓圖書（股）公司
地　　址　臺北市羅斯福路二段 41 號 6 樓之 3
電　　話　(02)23216565
傳　　真　(02)23218698
電　　郵　SERVICE@WANJUAN.COM.TW
香港經銷　香港聯合書刊物流有限公司
電　　話　(852)21502100
傳　　真　(852)23560735

I S B N　978-986-478-867-5
2023 年 9 月初版
定　　價　新臺幣 380 元

國家圖書館出版品預行編目資料

生命的私語/廖文麗著. -- 初版. -- 臺北市：萬卷樓圖書股份有限公司, 2023.09　面；　公分. --（詩文叢集；1301080）
ISBN 978-986-478-867-5(平裝)
863.55　　112012109

如何購買本書

1. 劃撥購書，請透過以下帳號
   帳號：15624015
   戶名：萬卷樓圖書股份有限公司
2. 轉帳購書，請透過以下帳戶
   合作金庫銀行 古亭分行
   戶名：萬卷樓圖書股份有限公司
   帳號：0877717092596
3. 網路購書，請透過萬卷樓網站
   網址 WWW.WANJUAN.COM.TW

大量購書，請直接聯繫，將有專人為您服務。(02)23216565 分機 610
如有缺頁、破損或裝訂錯誤，請寄回更換